W0356910

Betrachtungen eines Krankenhausgängers

Joachim Zelter

Betrachtungen eines Krankenhausgängers

Erzählungen

Klöpfer & Meyer

Meinen Eltern gewidmet

Inhalt

Betrachtungen eines Krankenhausgängers
Seite 7

Die Frau und das Buch
Seite 43

Vortragsreisende
Seite 53

Jenseits
Seite 63

I want you
Seite 117

Klöden – eine Fahrradballade
Seite 125

Schleusenwärterin
Seite 179

Betrachtungen eines Krankenhausgängers

Auf den ersten Blick schien die Operation, zu der es noch einige Zeit hin war, die man auch noch vertagen konnte, schien die anberaumte Operation nur ein geringfügiger Eingriff – ein Eingriff von immerhin 13 Zentimeter Länge, um mein Bein für die Entfernung einiger Schrauben zu öffnen, die mir vor Jahren, nach einem Unfall eingesetzt worden waren. Reine Routine, sagten die Ärzte, eine Bagatelle, eine Nebensache, nicht der Rede wert. Nicht nur dass ich mit erstaunlicher Gelassenheit die Operation ins Auge fasste, ich selbst war es, der die Operation angeregt hatte. Die Ärzte folgten meiner Anregung wohlwollend, wenn nicht begeistert, und reichten mir die erforderlichen Formulare zur Unterschrift. Es wurden fünf Unterschriften, die mein Einverständnis meiner eigenen Anregung auf zahlreichen Bögen und Ausfüllblättern festhielten. Die bei mir aufkommenden Fragen und Nachfragen behandelten die Ärzte im ruhigen Ton ihrer wohl langjährigen Erfahrungen mit solchen und viel schwierigeren Operationen. Ihre braungebrannten Gesichter strotzten vor Gesundheit und gesundem Optimismus. Hinzu kam ein Ausdruck gelangweilter Sieghaftigkeit – wie verwegene Kampfpiloten – durch nichts zu beunruhigen – die Furchtlosigkeit zum

Lebensprinzip erhoben. *Ach was.* Mit wegwerfenden Bewegungen scheuchten sie alle Bedenken von sich: *Ach was.* Auch meine Fragen: *Ach was. Aber nein* … Ich brachte gute Röntgenbilder. Meine Kniebeugen waren vielverheißend. Die mir bevorstehende Operation: *eine Bagatelloperation.* Ein Oberarzt im Vorbeigehen: *Na!?* Später der Professor persönlich: ein kurzer Windstoß, der mit Gefolge ins Untersuchungszimmer wehte und wieder davonflog – Sekunden einer Sprechstunde, die die Harmlosigkeit der Operation bezeugte.

Derartig geringfügig wurde der Eingriff hingestellt, dass man mir sogar die freie Wahl der Narkose überließ: entweder (wie bisher) eine Vollnarkose oder (neuerdings) die Spinalanästhesie. Spinalanästhesie – das ist der langgezogene Stich einer Nadel in den Rücken, ins Rückgrat, ja in die Nähe des Rückenmarks des Patienten. Die Nervenbahnen zum Unterleib werden betäubt, die Beine schwer. Sie verlieren jedes Gefühl, jede Zugehörigkeit zum Oberkörper – und umgekehrt: Dem Oberkörper entschwindet die Zuständigkeit für den Unterkörper, so wie der Unterkörper alle Bindung zum Oberkörper verliert. Als ob beide Körperhälften nichts mehr miteinander zu tun hätten: der Oberleib nichts mehr mit der Operation des Unterleibs, der Unterleib nichts mehr mit den Sorgen des Oberleibs. Die Operation erfolgt im Wachzustand. *Denken Sie darüber nach.* Ich dachte darüber nach, daheim im Bett. Mit einem Merkblatt der Klinik lag ich auf Kissen gestützt und erörterte die Wahl der Narkose. Es musste ein Fragebogen beantwortet werden: *Wurden Sie schon einmal operiert?* Ja. *Haben Sie schon einmal eine Bluttransfusion bekommen?* Nein. *Haben Sie für die vorgesehene Operation Eigenblut gespendet?* Nein. Sollte ich!? Fragen zu Herzerkrankungen: *Haben Sie Atemnot beim Treppensteigen?* Nein. Oder doch. Um die Wahrheit zu sagen: ja! Fragen zu Lungen- und Atemwegserkrankungen, Lebererkrankungen, Bluterkrankungen (z.B. *erhöhte Blutungsneigung*) und sonstige, nicht aufgeführte Erkrankungen oder Besonderheiten: Gebiss, lockere Zähne, Nerven- und Gemütsleiden, besondere berufliche Verhältnisse. Mit Sorge dachte ich an die Offenbarung meiner besonderen beruflichen Verhältnisse. Der Fragebogen nahm kein Ende: *Leiden Sie unter Heuschnupfen?* Nicht unbedingt Heuschnupfen, aber Schnupfen. Nächste Seite, nächste Frage: *Sind Sie religiös? Glauben Sie an Gott?* Wie bitte? *Glauben Sie an Gott?* Zum Ankreuzen. *Nein oder Ja?* Nicht ja oder nein, sondern nein oder ja. *Evangelisch oder Katholisch?* Katholisch. *Wünschen Sie seelsorgerische Begleitung?* Begleitung? Meine diesbezüglichen Angaben, so der Fragebogen, würden nicht an die Ärzte, sondern nur an das Klinikpfarramt weitergegeben. Fast beiläufig entdeckte ich die Frage: *Wahl des Betäubungsverfahrens. Bitte ankreuzen! Allgemeinanästhesie oder Regionalanästhesie?*

Man gewährte mir also eine Wahl, die Wahl der Narkose. Vollnarkose oder Regionalanästhesie? Nicht Lokalanästhesie, sondern Regionalanästhesie. Das ist ein Unterschied. Was für ein Wort: Regionalanästhesie! Wie harmlos dieses Wort klingt: regional = begrenzt, klein, geringfügig ... Wie harmlos, arglos und regional.

Keine metropolitane, sondern eine regionale Narkose. Unbedenklich, unkompliziert, regional. So beschaulich-liebenswert wie ein Regionalzug, eine Regionalzeitung, ein Regionalprogramm. Ganz und gar undramatisch, zutraulich und ungefährlich. Wer hörte je von gefährlichen Regionalnachrichten? Man entspannt sich vielmehr im Gleichklang friedvoller Nichtigkeiten. Man schlummert beruhigt mit ihnen ein ... Wozu sich weiter den Kopf zerbrechen? Die Entscheidung war so gut wie gefallen. Ich wählte die Regionalanästhesie. Fast sah ich mich schon in der Operation wie in einem behaglichen Sessel vor einem Fernsehapparat: von der Harmlosigkeit der Ereignisse beseelt, schläfrig in Abendnachrichten blinzelnd. Oder ich fühlte mich in der Geborgenheit eines Heimat- oder Tierfilms. Wie schonend, wie bedächtig, wie regional ...

Welche Operation ist, mit Verlaub gefragt, nicht regional? – fragte mich eine Bekannte. Ich richtete mich auf. Wie wahr. Jede Operation auf der Welt ist mehr oder weniger regional. Nie hatte sie von einer Operation gehört, die von Kopf bis Fuß geht. Wie wahr. Kein Patient der Welt würde sagen: Ich wurde allgemein, insgesamt, am ganzen Körper, von oben bis unten operiert. Selbst die schrecklichsten Operationen kennen Grenzen, sind also regional. Warum dann das Wort regional? Und warum im Gegensatz dazu das Gegenwort allgemein: *Allgemeinanästhesie.* So als würde man einen Menschen nicht im Besonderen, sondern allgemein operieren. Welch seltsames Wort: Allgemeinanästhesie.

Meine Bekannte mutmaßte, vielleicht um mich zu beruhigen, es heiße Allgemeinanästhesie, weil die Allgemeinanästhesie allgemein üblich und anerkannt sei. Oder weil sie sich bewährt habe und die sicherste Methode sei – oder allgemein bevorzugt werde? Doch in dem Allgemeinen liegen auch die größten Gefahren. Im Aufklärungsbogen der Klinik las ich: *Nach der Narkose ist es ganz normal, dass Sie noch für einige Zeit müde und schläfrig sind.* Was heißt hier normal? Was bedeutet müde und schläfrig? Wie müde, wie schläfrig? Wie lange? Stunden, Tage, Monate, Jahre? Wie viele Gehirnzellen sterben dabei ab? Wie viele Menschen wandeln durch die Welt in der Allgemeinheit der allgemeinen Folgen der Allgemeinanästhesie. Ich sehe es an ihren leeren Blicken. Karl Marx würde sagen: Die Allgemeinanästhesie ist das Opium des Volks.

Doch dies sind nur Spielereien, Wortklaubereien. Die Wörter der Medizin haben die größten praktischen Folgen, vor allem gesundheitliche Folgen. Ich fing an, die Anästhesie zu studieren. Anästhesie ist das falsche Wort. Der korrekte Fachausdruck lautet Anästhesiologie, *die Wissenschaft von der Ausschaltung der Schmerzempfindung, den Narkose- und Wiederbelebungsverfahren* (Zitat aus einem Lehrbuch). Alles drei könnte bei der mir bevorstehenden Operation eine Rolle spielen: Schmerz, Narkose, Wiederbelebung ... Die Anästhesiologie – manchmal verspreche ich mich und sage Anästheologie – die Anästhesiologie – so schreibt das Lehrbuch – sei die größte Errungenschaft der modernen Medizin, womöglich gar der größte Kunstgriff der

Menschheit. *Der Mensch ist ein Schmerzwesen* (Zitat). Ein Schmerzwesen mit mehr Schmerzen als jedes andere Wesen. Operationen seien unvermeidliche Serien kalkulierter Schmerzereignisse. Für eine große Reihe chirurgischer Eingriffe sei die sachgemäße Ausführung der Narkose ebenso oder noch wichtiger als das operativ-technische Werk, heißt es in dem medizinischen Lehrbuch, das ich mir gekauft habe. Je länger ich darin las, umso vehementer sprach das Buch von der Anästhesiologie als eigenständiger Wissenschaft, wenn nicht der Königswissenschaft unter den medizinischen oder sämtlichen Wissenschaften. Keine Operation ohne Anästhesie. Keine Intensivstation ohne Anästhesie. Keine Wiederbelebung, keine Lebensverlängerung ohne Anästhesie. Kein Leben ohne Anästhesie – mehr als nur eine Wissenschaft, fast schon eine Philosophie: Philosophie des Lebens, des Schmerzes und seiner Transzendenz.

Der Anästhesist sei übrigens ein eigener Menschenschlag, nicht ohne Grund mit einem gesonderten Parkplatz vor jedem Krankenhaus: *Anästhesie* oder *Anästhesist*, viel stiller, behutsamer, sanfter, filigraner, verständnisvoller, vielleicht sogar belesener (auch in schöngeistigen Dingen) als andere Ärzte. Mit einer gewissen Hoffnung (Hoffnung auf Verständnis und Milde) blickte ich, noch zu Hause, in meinem Bett, dem Anästhesisten, der mich betäuben würde, entgegen, als jemandem, der die Schmerzen der Menschen versteht, der mich mit Klavierhänden begrüßt und mir beruhigend zuspricht, vielleicht Shakespeare zitierend … Dies als Wink an die Operateure, vor denen mich der Anästhesist in Schutz nimmt. Ja, er wird im besten Sinne des Wortes an meiner Seite stehen, an meinem Kopf, während die Chirurgen sich an meinem Bein zu schaffen machen, während der Anästhesist mir zulächelt, mir alle Freiheiten einräumt, vor allem aber (wo sonst gibt es derartiges in der Medizin) mir die freie Wahl lässt, die Wahl der Narkose, Vollnarkose oder die Regionalnarkose, ganz nach Gusto, je nachdem, wie Sie wollen …

Je länger ich in dem Buch las, umso besser verstand ich die großen, epochalen Betäubungsverfahren der Anästhesiologie, deren es zahlreiche gibt. Zunächst die Vollnarkose mit ihren zahlreichen Variationen (intravenöse Narkose, Maskennarkose, Intubationsnarkose), sodann die vielfachen Formen der Regionalanästhesie: die Spinalanästhesie, die Periduralanästhesie, die Kaudalanästhesie … Ich gebe zu, dass ich ein schmerzempfindlicher Mensch bin. Das ist normal, steht in dem Buch. Die Spinalanästhesie wird im Sitzen oder in Seitenlage vorgenommen. Es wird eine erste Spritze unter die Rückenhaut gesetzt und es wird eine zweite Spritze in den Wirbelkanal gespritzt. Bald dringt das Anästhetikum in jede Faser meiner Nerven. Alle schmerzleitenden Nervenbahnen sind nun betäubt. Schmerzleitende Nerven … Ein entlarvendes Wort. Schmerzleitend bedeutet ja nichts anderes als schmerzleidend, und schmerzleidend nichts anderes als schmerzleitend … Dies nur als Randnotiz, während die Spritze vorbereitet wird. Im Lehrbuch steht, die Nadel der Spritze sei hauchdünn. Zwischen dem zweiten und dritten Lendenwirbel dringt sie in mich ein. Ihre Wirkung beginnt innerhalb von Minuten. Meine Beine ... Ich spüre sie nicht mehr. Das ist normal, steht in dem Buch. Sie bewegen sich nicht mehr. Ich bewege sie nicht mehr. Sie gehorchen mir nicht mehr. Ich gehorche mir nicht mehr. Sie liegen wie die Beine eines Fremden vor mir. Sie liegen wie lebloses Holz, doch ich sehe kein Holz, sondern Beine, nicht die Beine eines anderen, sondern meine eigenen, die nicht mehr meine sind, sondern abgetrennt von mir vor mir liegen ... Der Beinamputierte spürt womöglich den Schmerz seiner Beine, die es nicht mehr gibt, während es meine Beine noch gibt, aber ich sie nicht mehr spüre. *So ist das Leben,* höre ich eine Krankenschwester sagen, die mich in einen anderen Raum schiebt, denn mit dem Grauen meiner leblosen Beine ist es noch nicht genug, es kommt ja noch die Operation, die mich erwartet, die ich nun mit eigenen Augen erleben werde. Lassen wir die Klischees der Operationssäle, doch selbst Klischees können wahr sein – oder sich bewahrheiten. Warum soll etwas nicht wahr sein, nur weil es bereits tausendfach beschrieben, beschrieen, erlitten oder beschönigt wurde. Ein Geschehnis ist nicht unwahr, nur weil es ein Klischee ist. Eine solche Behauptung wäre selbst ein Klischee. Es brennt in der Tat das grelle Licht einer Operationslampe. Es stehen tatsächlich vermummte Ärzte, Assistenten und Schwestern, die meinen Gruß kaum erwidern, sondern über meine Anwesenheit hinweg allerlei Instrumente und chirurgisches Besteck für mich anrichten und Tücher ausbreiten. Ich sehe einen Chirurgen in tänzelnder Erwartung. Bald ist er ganz in seinem Element. Der Anästhesist steht an meinem Kopf, weicht jedoch meinem Versuch eines Gesprächs aus. Ein Tuch wird vor meinem Gesicht aufgespannt, um den Anblick meiner Beine sowie der ganzen Operation zu verbergen. Trotzdem sehe ich noch den wütenden Blick des Chirurgen in Richtung des Anästhesisten. Ich weiß genau warum. Chirurgen präferieren bewusstlose Patienten im Zustand komatösen Tiefschlafs, so wie umgekehrt die Anästhesisten eine Vorliebe für die Knifflichkeiten des Herumspritzens in den Wirbelsäulen ihrer Patienten haben. Doch Chirurgen haben für derlei Spielereien nichts übrig. Sie wollen ihre Ruhe haben, in erster Linie Ruhe vorm Patienten, was verständlich ist. Was ist, wenn der Patient Panik bekommt? Ich habe sie bereits. Was ist, wenn er mitten in der Operation anfängt herumzuspintisieren, auf dem Operationstisch randaliert oder sich anschickt, der Operation davonzurobben? Die Chirurgen selbst geraten in Panik, wenn ein Patient Panik bekommt. So ist es also an mir, nicht nur mich selbst, sondern auch noch meine Operateure zu beruhigen, durch flachsige Bemerkungen wie: *So, so …* Oder: *Jetzt geht es also los …* Außerdem, dies ist gewiss ein Vorteil der Spinalanästhesie, außerdem kann ich ihnen behilflich sein bei der sicherlich nicht ganz einfachen Lagerung auf dem Operationstisch, auf den ich ja erst noch von meinem Bett aus gehoben werden muss. Ich bin kein leichter Mensch, im Tiefschlaf noch schwerer als im Wachzustand. Bei einer Vollnarkose müsste man mich wie ein unmögliches Möbelstück hin- und herwuchten. Vielleicht lässt man mich sogar fallen. Und während der Operation dann die furchtbaren Gespräche der Ärzte über mein Gewicht. So liege ich also, dank meiner tatkräftigen Mithilfe, auf dem Operationstisch und frage die Chirurgen, die ich nicht mehr sehe, von denen ich nicht einmal weiß, ob sie mich bereits operieren, und frage sie mit leicht erhobenem Kopf: *Fließt bereits Blut?* Ich bekomme keine Antwort und höre statt dessen mein Herz über den Lautsprecher eines Apparats piepsen, immer schneller, je ärger ich es höre, und höre die Stimme des hinter mir stehenden Anästhesisten, der mir zuspricht: *Ruhig, ganz ruhig* …, doch ich werde im Gegenteil immer unruhiger … Unruhig? Was für ein Wort. Panik. Ich werde panisch. Ich hyperventiliere. Ich richte mich auf. *Blutdruckabfall.* Der Anästhesist selbst ruft es. Hinter mir die Nervosität des Anästhesisten. Hinter dem Tuch die Unruhe der Chirurgen. Bei vollem Bewusstsein erlebe ich wie ich bewusstlos werde. Und fast bewusstlos erlebe ich noch die letzten Konturen meines schwindenden Bewusstseins. Noch! Noch! Ich bekomme keine Luft mehr. Unter der Beatmungsmaske bekomme ich keine Luft mehr. Ich ersticke. Selbst die Warntöne des Apparats werden panisch. Meine Panik ist seine Panik, seine Panik ist meine Panik. Und auch die Ärzte wirken panisch. Ihre Panik ist meine Panik, meine Panik ist ihre Panik. Hektisches Gerenne. Ich höre noch den Dauerton meines Herzstillstands. Der Chef soll kommen. Sofort! Jede Ordnung ist nun verloren. Bin ich nun tot oder doch nicht tot oder noch nicht tot oder noch am Leben oder wieder am Leben? Für einen kurzen Augenblick war ich tot.

Also nicht, nicht bei Bewusstsein meine eigene Operation erleben. Auf keinen Fall! Ich spreche nicht nur für mich, sondern aus dem Herzen der Operateure. Nie wieder! Nie wieder, werden auch sie sagen, wenn sie eine Operation erleben, wie ich sie mir eine Nacht lang vorgestellt habe. Und selbst wenn die gedachte Operation anders verlaufen sollte, was dann? Ich werde in den Aufwachraum geschoben und warte. Ich hebe die Bettdecke von mir und sehe meine bandagierten Beine. Meine Beine: Ich spüre sie nicht. Sie bewegen sich nicht. Ich bewege sie nicht. Ich warte auf die Rückkehr meiner Beine in meinen Körper. Ich warte. Ich warte weiter. Noch warte ich im Großen und Ganzen zuversichtlich. Nun warte ich schon seit einer Stunde. Die Schwester versichert mir, dies sei normal. Ich möge nicht immerzu auf die Uhr schauen. Sie gibt mir eine Tablette. Später telefoniert sie mit einem Arzt. Es sind bereits einige Stunden vergangen. Die Operation an sich sei zufriedenstellend verlaufen, sagt der herbeigerufene Arzt. Ob ich Schmerzen habe? Natürlich nicht. Ich spüre ja meine Beine nicht. Er hinterlässt mir eine Schmerztablette. Ich versuche zu schlafen. Wenigstens lebe ich. Ich schlafe mit zwei fremden Beinen. Ich streichle sie, als streichelte ich die Beine einer nackten Frau. Als ob zwei Menschen in einem Bett lägen: Mann und Frau. Oder ein Toter mit einem Lebenden. Wie ein Zentaur liege ich in zwei Körpern, halb tot, halb lebend. Mein Geschlecht ist ebenfalls ohne jede Regung. Ich warte nun schon seit einer Woche. Die Klinik behandelt mich zunehmend so, als sei ich ein anderer Patient und nie etwas anderes gewesen als dieser völlig andere Patient, ein Q-Patient, wie es heißt, der auf eine neue Station, die Q-Station verlegt wird. Q ist die Station der Querschnittgelähmten. Als ob ich einen schweren Autounfall gehabt hätte. So behandelt man mich – jedenfalls unterschwellig, mit achselzuckenden Worten, die kaum hörbar vom Schicksal sprechen. Ich sitze im Rollstuhl neben anderen Rollstuhlpatienten und wir sehen durch das Fenster einem Radfahrer nach. Der Radfahrer, der war ich, in früheren Tagen.

Keine Operation ist völlig frei von Risiken, so das Lehrbuch. *Grundsätzlich muss zwischen Nebenwirkungen und Komplikationen unterschieden werden*, schreibt das Lehrbuch. Zu den mannigfachen Nebenwirkungen rechnet man Blutergüsse, Infektionen, Entzündungen, Stimmbandschäden, Übelkeit und Erbrechen, Geistesabwesenheit und Vergesslichkeit, allergische Reaktionen … Soweit nur einige der Nebenwirkungen. Ernste Komplikationen, zumal die, die bei der Spinalanästhesie auftreten (was für ein Wort: *auftreten*), sind: Blasenentleerungsstörungen, Nervenschäden mit bleibenden Lähmungen durch Verletzung des Rückenmarks (z.B. Querschnittslähmung), Blutdruckabfall, Herz- und Kreislaufversagen, Krämpfe, Atemstillstand …

»Hör auf«, rief meine Bekannte, »bitte hör auf! Am Ende werden deine Worte wahr.«

Natürlich werden sie wahr. Wahr ist auch, dass die Medizin immer Recht hat: Geht die Operation gut aus, dann wird man sagen: *Na also. Haben wir es nicht immer gesagt!* Geht sie schlecht aus, dann wird man sagen: *Die negativen Gedanken des Patienten haben sich bewahrheitet.* Die Medizin hat immer Recht. Längst habe ich damit begonnen, jede weitere Erwägung der Spinalanästhesie – vorerst – abzubrechen und mich mit dem Tiefschlaf der Vollnarkose angefreundet. Nur ein einziger Stich in die Vene, und ich schlafe. *Schlafen – nichts weiter.* Von mir aus auch sterben, solange man es nicht merkt, da man ja schläft, während man in Wahrheit stirbt, oder wenigstens eine Ahnung vom Sterben bekommt, während man in Wahrheit nur schläft. Was ist der Unterschied? *Sterben, schlafen – schlafen, vielleicht träumen …* Im Schlafen sterbend, im Sterben schlafend. *Todesschlaf*, nennt es Hamlet, man könnte auch *Schlaftod* sagen. *Was in jenem Todesschlaf für Träume kommen mögen?* fragt Hamlet in seiner berühmten Rede. Was für Träume kommen mögen? Überhaupt keine. Die Narkose ist ein traumloser Zustand. Sie ist, heißt es im Lehrbuch nun recht philosophisch, sie ist das vollkommenste Nichts. Ihr Nichts unterscheidet sich durch nichts von dem Nichts … Von welchem Nichts? Über Maske und Tubus werden Sauerstoff und gasförmige Narkosemittel zugeführt. Von all dem merkt der Patient nichts. Er erwacht aus dem Nichts. Oder – selten, aber es kann passieren – man erwacht während der Operation. Man erwacht mitten in der Operation und erlebt den Eingriff bei vollem Bewusstsein und Schmerz, ohne sich melden oder regen zu können. Noch während der Operation hört das Narkotikum auf zu wirken. Der Patient hört die Gespräche der Operateure. Er erlebt die Schnitte ihrer Skalpelle. Er will sich bewegen, was nicht möglich ist. Ein Relaxans (Muskelentspannungsmittel) inhibiert jede Möglichkeit einer äußeren Regung. Er kann nicht einmal schreien oder auch nur die Augenlider heben. Er liegt hinter verschlossenen Augen in der Nacht der grauenhaftesten Innerlichkeit: Innerlichkeit nicht irgendeines Schmerzes, der sich noch ablenken oder mitteilen könnte, sondern der schlimmstmöglichen Schmerzen, die keinen Weg mehr nach außen finden. Das Zittern eines Zehs, über den sich die Operateure belustigen: *Guck mal sein Zeh*, ruft eine Schwester ... Wenn sie es überhaupt bemerkt. In Wahrheit sind dies Hilfeschreie, kaum anders als das Hämmern gegen den Sarg, in dem ein lebendig Begrabener liegt. *Hilfe!* Und die Operation geht weiter. Und ich liege eingekapselt im Innersten eines Körpers, der nur noch nach innen leitet, Schmerz auf Schmerz, ein Schlachtfeld bohrender, schneidender, saugender Geräte, die sich über meinen Körper hermachen, ohne irgendetwas von der Unglaublichkeit eines solchen Grauens nach außen tragen zu können, nicht einmal im Nachhinein. Denn was ist, wenn ich den Ärzten nach der Operation sage, dass ich die Operation wach erlebt habe. Würden sie nicht antworten: *Das kann gar nicht sein*. Oder: *Das kann jeder behaupten*. Oder mit einem versöhnlichen Klaps auf die Schulter: *Nun ist es ja vorbei.* Oder einfach nur: *C'est la vie.* Das ganze Leben ist ein intraoperativer Wachzustand.

Sie, meine Bekannte, die nun öfter zu mir kam, zitierte aus dem Talmud: *Achte auf deine Gedanken, denn sie werden Worte ...*

Natürlich. Ich las die Wörter *gelegentlich*, *selten*, *sehr selten*, *äußerst selten* ... in Bezug auf die ernsthaften Komplikationen, die sich bei der Vollnarkose ergeben können, und ich fragte mich und frage mich immer noch, was denn der Unterschied ist zwischen *gelegentlich* und *selten* bzw. zwischen *selten* und *sehr selten* oder zwischen *sehr* selten und *äußerst* selten. Was genau ist der Unterschied zwischen *äußerst* selten und *sehr* selten? fragte ich meinen Hausarzt. Ich fragte nicht medizinisch, sondern ganz allgemein, rein sprachlich nach seiner persönlichen Einschätzung der Wörter *äußerst* und *sehr*: Ob *äußerst* eine Steigerung von *sehr* sei – oder umgekehrt? Ich fragte ihn nach seinen persönlichen Konnotationen. Er wusste nichts von Konnotationen. Ich nahm das Wetter, den deutschen Sommer als Beispiel: Wann ist Regen wahrscheinlicher? Wenn ich sage: Es regnet *äußerst* selten. Oder wenn ich sage: Es regnet *sehr* selten. Der Arzt wollte den medizinischen Grund meiner Frage wissen, den ich ihm nicht geben wollte, um nicht die Unvoreingenommenheit seiner Antwort zu beeinflussen. Am Ende wurde er ungehalten. Er schickte mich nach Hause. Dabei bezogen sich meine Wortfragen auf Wörter, die in meinem medizinischen Lehrbuch stehen: *SEHR SELTEN*, *schwere allergische*

Reaktionen mit Kreislaufschock, Herzversagen und Atemstillstand ... ÄUSSERST SELTEN, Herz- und Kreislauf- sowie Atemversagen mit nachfolgenden Schädigungen wichtiger Organfunktionen, besonders des Gehirns ...

Vollnarkose oder Spinale? Spinale ist die Kurzform für Spinalanästhesie. Bei Arztbesuchen zeugt dies von Sachverstand und Kenntnis der innersten Weihen medizinischer Sprachkunst. Als ob man von Arzt zu Arzt sprechen würde. *Mit kollegialem Gruß: Spinale.* Ich unternahm weitere Arztbesuche: *Unbedingt Vollnarkose*, riet mir mein zweiter Hausarzt. Der Hautarzt dagegen: *Spinale! Ohne Frage.* Ein Freund auf der Straße: *Niemals und von niemandem würde ich mir in den Rücken stechen lassen!* Anruf beim Gesundheitsamt: *Kein Kommentar*, so die Antwort. Der Internist: *Spinale!* Ein Chirurg: *Vollnarkose!* Der Rat eines Naturheilkundlers: Ich solle mich gar nicht operieren lassen. Die unbedingte Empfehlung, ja, die Anweisung eines Orthopäden, einem erklärten Freund von Operationen: *Auf jeden Fall operieren!* Der Naturheilkundler wiederum: Ich solle mich nur bei abnehmendem Mond operieren lassen. *Unsinn!* – schrie der Orthopäde ins Telefon. Ein weiterer Arzt (ich fing an, vielen Ärzten auf die Nerven zu gehen): Bei meiner Ängstlichkeit sei es angebracht, mich doppelt narkotisieren zu lassen, regional wie allgemein. Gelegentlich gab ich mich telefonisch als Arzt aus und fragte von Kollege zu Kollege, dass ich hier einen Patienten habe, ein wenig ängstlich, der demnächst operiert werden soll (ich ließ offen, ob von mir oder einem anderen) und erbat kollegialen Rat wegen der indizierten (oder kontraindizierten) Art der Narkose. Ich bekam die unsinnigsten Antworten, oder grauenhafte Antworten, *ganz unter uns* ... Ich befragte (wieder als Patient) einen Neurologen, der sich als Psychiater entpuppte. Er verschrieb mir ein Medikament, ein Beruhigungsmittel, dessen starke Wirkung fast schon die Erfahrung einer Vollnarkose simulierte. Er gab mir den Rat, die bevorstehende Operation nicht zu verdrängen, sondern mich damit gedanklich zu konfrontieren, das bevorstehende Ereignis zu visualisieren, in konkreten Bildern zu denken und vorweg zu erleben, im Sinne mental antizipierter Ereignissequenzen: Das Krankenhaus und sein Hauptportal. Ich trete ein. Ich habe keine Angst. Ich melde mich an. Ich werde auf meine Station gebracht. Ich ziehe mich aus. Ich lese Zeitung. Die Schwester kommt. Ich bleibe ruhig. Sie misst nur meinen Blutdruck. Eine erste Spritze ... Ich werde auf den Gang geschoben ... So beginnt die Fahrt ... Richtung Operationssaal ... in den Aufzug ... aus dem Aufzug ...

Meine gute Bekannte, die an meinem Bett saß und mit feinen Bewegungen ihr Haar aus dem Gesicht strich, las mir aus dem Talmud vor: *Achte auf deine Worte, denn sie werden Handlungen. Achte auf deine Handlungen, denn sie werden Gewohnheiten. Achte auf deine Gewohnheiten, denn sie werden dein Charakter. Achte auf deinen Charakter, denn er wird dein Schicksal* ... Ich hörte dies bereits im Schlaf, im Schlaf der überraschenden Wirkung des mir verschriebenen Beruhigungsmittels.

Man gewährte mir also eine Wahl, die Wahl zwischen zwei Arten der Narkose: voll oder spinal? *That is the question.* Was für eine Wahl! Im schlimmsten Fall die Wahl zwischen Tod und Tod oder zwischen Querschnittslähmung und Koma oder zwischen Koma und Erwachen in lebenslänglichem Schwachsinn. *Leider gelingt es nicht immer*, schreibt das Lehrbuch, *mit Regionalanästhesieverfahren eine vollständige Schmerzfreiheit zu erzielen, so dass in solchen Fällen dann der Eingriff in Narkose fortgeführt werden muss.* Aha! Hörst du, rief ich meiner talmudlesenden Bekannten zu. Sie kochte uns gerade ein Essen. Hörst du!? Schlimmstenfalls könnte eine Operation wie folgt verlaufen: Man setzt dem Patienten eine Spinalanästhesie. Der Chirurg beginnt zu schneiden. Der Patient schreit auf. Der Chirurg mit einem einzigen Blick zum Anästhesisten: Er möge augenblicklich für Ruhe sorgen. Der Patient schreit weiter, worauf der Chirurg das Zeichen zur unverzüglichen Vollnarkose gibt. Der Patient schläft nun, doch der Anästhesist, nervös geworden, will den Patienten an den Sauerstoff anschließen, verwechselt bei der Intubierung die Luftröhre mit der Speiseröhre. Minutenlang ist die Lunge und das Gehirn ohne Sauerstoff. Statt dessen bläht sich der Magen, wie ein Luftballon, bis er platzt! Wie geht eine solche Operation aus? – mit schweren Gehirnschäden, geplatztem Magen und – als Draufgabe – mit einer Querschnittslähmung …

»Bitte hör auf! Du machst uns verrückt! Es ist doch nur eine Bagatelloperation!«, rief sie, meine liebe Bekannte, durch die Wohnung. Eine Bagatelloperation?!

Auch der Flugzeugabsturz letzte Woche über Amerika begann mit einer Bagatelle. Jedes Unglück der Welt beginnt mit Bagatellen ... Wir alle richten unser Leben nach dem Als-Ob: als ob nichts passieren werde. Wir steigen ins Auto, als ob kein Unfall geschehen könnte, zumindest dann, wenn es gerade *wir* sind, die ins Auto steigen. Wäre es anders, dann würden wir sofort wieder aussteigen. Doch wir fahren mit dem festen Als-Ob: als ob nichts passieren wird. So fahren wir und so fliegen wir, als ob (zumindest dieses Mal, weil es *wir* sind) das Flugzeug niemals abstürzen wird. So gehen wir in den Urlaub. So gehen wir ins Krankenhaus, so als ob es schon gut gehen wird, weil ich es bin oder er es ist, ein Freund, ein Geliebter, ein Bruder, ein Sohn. Weil er es gerade ist, ein besonderer Mensch (alle Menschen sind irgendwo oder irgendwann etwas Besonderes). Deshalb wird es schon gut gehen ... Doch handelt es sich nur um ein Als-Ob. Verständlich und menschlich, nur allzu menschlich, doch ist dieses Als-Ob nichts anderes als eine Fiktion.

Schon mein Großvater hatte Angst vor Ärzten. Nie besuchte er einen Arzt, ein Krankenhaus, nicht einmal Freunde im Krankenhaus ... Alles Ärztliche wies er von sich mit den Worten: Er lasse sich doch nicht zu Tode therapieren. Bei einer Wanderung (schon im hohen Alter) erlitt er während einer Rast einen Schwächeanfall. Er wurde ohnmächtig. Passanten riefen einen Krankenwagen. Die Sirenen des Notarztwagens waren bereits zu hören, da richtete er sich auf und machte sich davon, vorbei an Passanten und Neugierigen und anderen Wanderern, die ihn festhalten wollten. Er hangelte sich (an Bäumen Halt suchend) ins Dickicht hinein und rief mir zu: »Halte sie auf!«, was ich auch tat. Ich schickte die Sanitäter in eine falsche Richtung: »Da, dort läuft er«, und sie rannten mit ihrer Trage in den Wald, einem anderen Wanderer, den sie für meinen Großvater hielten, nach. Was für eine Treibjagd. Den ganzen Nachmittag suchten sie meinen Großvater: zwei Sanitäter, der Notarzt und zahllose Wanderer. Der Krankenwagen fuhr mit Blaulicht die Waldwege ab. Über ein Megaphon wurde mein Großvater gerufen. Ich selbst legte falsche Fährten, indem ich Papiertaschentücher im Wald verteilte oder die Sanitäter hustend im Kreis herumführte. Mein Großvater, ein hervorragender Wanderer, er wurde nicht gefunden. Auf Schleichwegen schaffte er es bis nach Hause. Er wartete im Keller auf mich. Später sagte er einmal, ich glaube, er zitierte einen Philosophen: »Nicht vor dem Tod haben wir Angst, sondern vor der Vorbereitung auf den Tod.« Deshalb seine Furcht vor Ärzten und Krankenhäusern – zu Recht!

Name? Familienname? Vorname? Geburtsname? So geht es los, die Aufnahme ins Krankenhaus, die ersten Meter im Krankenhaus: Erdgeschoss links, *Aufnahme*. Es riecht nach Kamillentee. Der Geruch (wie ein betontes Understatement) verbreitet das Bild gebeugter Diakonissen, die den Patienten Tee bringen, in schnabelförmigen Tassen, aus denen zahnlose Gestalten trinken, sich dabei verschlucken und husten. So riecht es: betont harmlos, ein wenig wässrig, aber fürsorglich und diakonisch und endlos (die Endlosigkeit schlurfender oder liegender Krankenhaustage) und alarmierend. Warum reicht dieser Geruch bis ins Erdgeschoss? Was soll das? Warum wirkt dieser Geruch so alt (wie aus den sechziger Jahren) und matt und muffig und gebrechlich und zahnlos und hoffnungslos? Bereits hier, im Eingangsbereich der Klinik, beginnt das Thema des Todes. Ich sitze an einem Schalter (ähnlich der alten Fahrkartenschalter der alten Bundesbahn), dessen milchige Glasscheibe bis zur Decke reicht, in die ein kleines Fensterchen eingelassen ist, durch das ich ein Formular reichen möchte, das die Diakonisse hinter dem Schalter fuchtelnd verweigert, da dies ein Sprechfenster ist, kein Durchreich- oder Händedruckfenster. Das Formular soll ich durch einen seitlichen Schlitz schieben. Nein, ich soll es erst einmal ausfüllen. Im Hintergrund sehe ich, als sich die Tür zu einem anliegenden Korridor öffnet, erstmals Betten, Gestelle, allerlei fahrbare Geräte, sehe ich in ersten Konturen die ersten Meter der Klinik ... Die Diakonisse hinter dem Schalter mahnt mich zu mehr Aufmerksamkeit, nachdem ich das Formular (schon zum zweiten Mal) falsch ausgefüllt habe, bis sie schließlich ein drittes Formular aus der Schublade zieht und es für mich ausfüllt: Familienname? Vorname? Geburtsdatum? Geburtsort? Auffällig oft das Wort Geburt, was ich als makaber empfinde, fast schon als Anspielung auf den Tod. Dann natürlich, es musste ja kommen, besser früher als später, die heikle Fragerei nach dem Beruf. *Berufsbezeichnung bei Unfall.* So steht es im Formular. Was für eine Frage.

Berufsbezeichnung bei Unfall. Wie soll ich das verstehen? In dem Sinne, dass ich *bei Unfall* einen anderen Beruf habe als bei Nicht-Unfall? Oder bei Unfall noch einen Beruf habe, den ich nach Unfall nicht mehr habe? Was für eine Frage. Und der Anmeldebogen fragt gnadenlos weiter: *Berufsbezeichnung (z.B. Bauschlosser, nicht nur Schlosser).* Die Diakonisse wartet auf die Antwort. Ich bin selbständig. *So?!* Die Diakonisse erwartet eine vollständige Antwort, also sage ich, dass ich freischaffend bin, was ihr nicht genügt. Sie will eine korrekte Berufsbezeichnung, also nenne ich ihr, nach einigem Zögern meinen Beruf. *Wie bitte?* Also noch einmal: Ich bin Vortragsreisender. *Was?* Vortragsreisender. Nein, kein Handlungsreisender, sondern Vortragsreisender. Ich halte Vorträge. Unmöglich, ihr das begreiflich zu machen. Ich halte Vorträge. Vorträge! Einfacher kann ich es nicht mehr sagen. Das Wort *Reisender* schien sie zu irritieren. Vorträge, von ihr aus ja, nach einigem Zögern, aber nicht Vortragsreisender. Soll ich mich statt dessen Vortragender oder Vorträger nennen? Keine Antwort. Ich versuchte es noch einmal: Ich halte Vorträge. *Was für Vorträge?* Vorträge über Politik und Geschichte und Gesellschaft und Literatur und alles Mögliche. Auch über medizinische Themen ... Das ist wahr. Ich gebe zu, dass ich diese Berufsbezeichnung (zusammen mit meinem Beruf) selbst erfunden habe. Es ist *mein* Beruf, nicht irgendein fremder, sondern mein eigener Beruf. Er steht auf meiner Visitenkarte. Die Diakonisse will die Visitenkarte nicht sehen. Niemand kann mit mehr Recht sagen als ich: *mein* Beruf.

Schweigen. Sie fragt mich, ob ich krankenversichert bin. Zu ihrer Überraschung bin ich es. Schweigen. Und dann, erneut, welch dickköpfige Beharrlichkeit: *Ich brauche eine korrekte Berufsbezeichnung.* Gelehrter? Oder Privatgelehrter? ... Für sie kein Beruf. Oder Berufsgelehrter? ... Keine Reaktion. Honorargelehrter? Für sie kein Beruf. Privatdozent? Kein offizieller Beruf. Oder einfach Akademiker? Keine Aufnahme möglich. Oder Vollakademiker? Sie weigert sich, diese Bezeichnungen in ihr Formular zu nehmen. Oder freischaffender Akademiker? Keine Aufnahme unter diesem Beruf. Oder Doktor? Sie blickt überrascht. Genauer: Doktor der Philosophie. Sie winkt ab. Oder Schriftsteller? Oder, oder, oder ...

Bereits die Formalitäten bei meiner Aufnahme in die Klinik begannen mit einer Katastrophe, von den späteren Fragen ganz zu schweigen, beispielsweise die Frage, ob ich religiös bin, an Gott glaube (bei meinem Beruf) oder seelsorgerischen Beistand wünsche. Hätte ich allen Ernstes wie ein Gockel pastorenhaft nicken sollen: O ja, ich glaube an Gott, ich bin tief religiös, ich wünsche seelsorgerischen Beistand und eine Bibel an mein Bett ... Siehst du, sagte ich zu meiner (nun) sehr guten Bekannten, Bettina, sagte ich zu Bettina: Siehst du! Sie fing an, mich besser zu verstehen. Bereits beim ersten Durchspielen des Fragebogens (sie spielte die Diakonisse) entpuppte sich mein Beruf als katastrophal, als Ding (oder Unding) der Unmöglichkeit, als ernsthaftes Hindernis, überhaupt in die Klinik aufgenommen zu werden. Was für eine Kombination:

eine Operation (schlimm genug) an einem Menschen ohne anerkannten Beruf. Ein Volksfest der Demütigungen und Beleidigungen. Und selbst wenn ich einen akzeptablen Beruf finden sollte (Bettina schlägt den Beruf des Schriftstellers vor) oder ich am Ende als der, der ich bin, ein Vortragsreisender, in die Klinik aufgenommen werden sollte, was dann? Mit welchen Blicken und Worten wird das Personal einen solchen Neuzugang behandeln: *Der Vortragsreisende!* Was? *Vortragsreisender.* Voller Verachtung gesprochen, so als wäre ich ein dekadenter Weltreisender, der aus reiner Langeweile in einem Krankenhaus Station macht. *Blutabnahme Vortragsreisender* … Mit wie viel Wut die Schwester ihre Spritze in den Arm sticht, ihre lebenslange Wut in den Arm dieses Vortragsreisenden. *Jawohl, Herr Vortragsreisender.* Ich höre ihre ganze Verachtung. Ich könnte Vorträge halten, alleine über den Unberuf des Vortragsreisenden. Wehe dem, der seinen eigenen Beruf erfindet.

Bettina kocht Kamillentee. Es ist mein eigener Wunsch. Nur noch zwei Wochen bis zum Tag der Operation, folge ich dem Rat des Psychiaters (Diagnose: ich sei ein *oraler Pessimist*) und konfrontiere mich mit dem Krankenhaus, statt es zu meiden oder zu verdrängen. Ich sehe es (und mich selbst) nicht nur in mentalen Bildern, sondern leibhaftig vor mir, sehe den wuchtigen Bau der Klinik, die in den dreißiger Jahren erbaut wurde, ihren scheinheiligen Eingangsbereich, das Bettenhaus, den Operationstrakt, die Fenster der Intensivstation … Ich kenne ihren Grundriss, ihre

Aufzüge, ihre Korridore, das Dunkel der Röntgenabteilung, den Geruch der Küche, die Gesichter einiger Ärzte ... Ich kenne sie seit den Voruntersuchungen, als ich in der Ambulanz meine eigene Operation anregte und die Ärzte diese Anregung bereitwillig aufnahmen. Operationstermin: 22.09. Seither habe ich die Klinik immer besser kennen gelernt, sie viele Male von Innen wie von Außen beobachtet. Von einem bestimmten Punkt des angrenzenden Waldes kann man den Ausschnitt eines Operationssaals sehen: die Operationslampe (wie ein Heiligenschein) und darunter die verhüllten und gebeugt stehenden Chirurgen beim Operieren. Mit einem Feldstecher versuchte ich zu ermessen, ob ein Patient unter Vollnarkose operiert oder spinal betäubt wurde, ob seine Augen offen oder geschlossen waren, ob es zu Komplikationen kam. Es kam zu Komplikationen. Ich bin mir sicher: Einmal sah ich eine solche Komplikation. Die Ärzte rannten hin und her. Zumindest hatten sie es eilig. Bei einer Operation konnte ich sogar in die offene Wunde des Operierten sehen. Ich kenne die Klinik in- und auswendig. Stundenlang habe ich alleine den Eingangsbereich erlebt, habe Menschen beobachtet, die vor dem Schalter saßen, um sich anzumelden (Kugelschreiber zum Ausfüllen der Formulare auf der linken Seite des Schalters). Die Diakonisse hinter dem Schalter saß unter einem Kruzifix. Neben den Aufzügen erhebt sich ein riesiges Bild, drei Meter hoch, fünf Meter breit. Es ist in Stein gehauen, das Relief einer Krankenszene. Eine Schwester aus Stein reicht einem

Kranken, der sich mit greifenden Händen aufrichtet, eine Schüssel. Äußerste Hingabe und tiefster Dank. So steht es auf einem Schild. Doch was für ein Gesicht die Schwester dabei macht. Selten sah ich ein so mürrisches Gesicht. So als wäre schon die Präsenz dieses einen Kranken eine Zumutung. Als könnte sie sich anstecken. Alleine die Idee des Krankseins scheint ihr ein Affront. Sie schaut den Kranken nicht einmal an. Ihr eiserner Blick weist alles Kranke von sich. Sie schaut in die Ferne – Feldherrenblick – abweisend-drohend – wie zur Abschreckung. Die Schüssel, die sie dem Kranken reicht, ist nur ein Ablenkungsmanöver. Ein notwendiges Übel. Reine Gottesfurcht. Der äußerste Grad des Entgegenkommens. So viel und keinen Deut mehr. Man kann nur dankend ablehnen. Danke, Schwester, danke für die Hilfe, aber mir geht es schon besser. Viel besser! Und davongehen. Oder davonrobben. Wohlwahr, es handelt sich, wie mir die Diakonisse an der Pforte sagte, um ein Relief der dreißiger Jahre, denkmalgeschützt – als ob dies eine Erklärung oder ein Trost wäre. Menschen, hier und jetzt, keine Museumsbesucher, sondern kranke Menschen, müssen dieses Bild sehen, schon wenn sie das Krankenhaus nur betreten. Niemand kommt an diesem Bild ohne Schrecken vorbei … Schnell stieg ich in den Aufzug. Fuhr hoch und wieder runter. Entdeckte in anderen Stockwerken immer weitere Aufzüge: Patientenaufzüge, Personalaufzüge, Bettenaufzüge, OP-Aufzüge. Ich sehe es auf den ersten Blick, wenn Patienten zu ihren Operationen geschoben werden. Ich sehe es nicht nur an ihren

Leibchen. Ich sehe es an ihren geduckten Gesichtern. Ich sehe es an der Art, wie sie liegen. Sie liegen nicht. Sie kauern. Ich sehe es an ihren bleichen Gesichtern. Ich sehe es auf ihren Gesichtern: die Beruhigungsmittel, die nicht wirklich wirken. Schon die Sprache verrät viel: Leibchen – man streiche nur den Buchstaben ›B‹. Einmal nur bekommt der Durchschnittsmensch eine Ahnung von der Geschichte des Fleisches, das er isst: auf dem Weg in die Operation. Stundenlang fuhr ich Aufzug. Ich besuchte jede einzelne Station: von A bis E, die E ist für septische Patienten (E wie Eiter). Ich schritt Korridore ab, wie ein endloser Krankenhausgänger. Ich sprach mit Patienten. Ich selbst wurde angesprochen, von einer Schwester. *Suchen Sie jemanden?* Ich versprach ihnen, mich an die Besuchszeiten zu halten. In der Cafeteria aß ich mein Mittagessen, Fleischkäse mit Senf. Neben der Cafeteria befinden sich Vitrinen. Darin sind Meilensteine der Chirurgie ausgestellt: Knieprothesen, Hüftprothesen, Schraubringe. Zum Beispiel ein *Schraubring München* im Vergleich zu anderen Schrauben. Wahrzeichen der Klinik. Beginnend mit dem Knie. Und auf Postern sieht man futuristische Entwürfe weiterer, künftiger Gelenke. Chirurgische Visionen. Wahrzeichen der Prothetik. Fast hätte ich gesagt: Prophetik. Ich betrachtete den Landeplatz für den Rettungshubschrauber. In einem Hinterhof sah ich die Parkplätze für Leichenwagen. Ich beobachtete kettenrauchende Schwestern auf einem Balkon. Auf dem nächsthöheren Balkon rauchten Ärzte. Bei jedem

Anflug des Rettungshubschraubers geraten die Zimmer der Klinik in Bewegung, sieht man humpelnde Patienten auf Krücken an die Fenster kommen, um das Ereignis zu sehen – verständlich, nur zu verständlich.

Oft genug wurde ich gefragt, was oder wen ich suche. In manchen Momenten wurde ich bereits für einen Patienten gehalten. Ich eilte davon. Oder gab mich für einen Besucher aus. *Zu wem wollen Sie denn?* Ich entschied mich für den Namen John Bunyan. Die Schwester rief durch den Gang: *John Bunyan? Liegt bei uns ein John Bunyan?* Natürlich nicht. Sie telefonierte mit der Pforte: Kein John Bunyan im ganzen Krankenhaus. Einmal wurde ich – von Schwestern laut gegrüßt – für einen Arzt gehalten. *Extra muros*, murmelte ich und eilte davon. Auf einer anderen Station hielt mich die Oberschwester für den neuen Klinikseelsorger. *Gehen Sie ruhig hinein!* Wo hinein? Sie zeigte auf ein Zimmer, in das ich schließlich eintrat – eintreten musste. Es lagen sechs Patientinnen, je drei an einer Wand, nach Alter im Uhrzeigersinn geordnet: von sehr jung bis sehr alt. *Endlich!* Mit einem solchen, geradezu flehentlichen Gesichtsausdruck streckte eine alte Frau ihre Hand nach mir. *Endlich!* Sie fasste meine Hand und war schon mitten drin in ihrer Kranken- und Lebensgeschichte, die sie mir erzählte, als ob ich schon immer an ihrem Bett gesessen hätte und über alle Hintergründe Bescheid wüsste, doch ließ sie es sich nicht nehmen, sie noch einmal zu erzählen, nicht nur ihre Geschichte, sondern auch die Geschichte anderer Patienten oder auch Geschichten, die sie in Zeitschriften gelesen hatte, beispielsweise die Geschichte eines verunglückten Jungen. *Dass der Herrgott nicht einmal vor diesem Kind Halt macht*, sagte sie. Was sollte ich sagen, was sollte ich dazu sagen. Doch kam ich gar nicht dazu, eine geistliche Erklärung zu dem Kind abzugeben, weil sie schon über ein anderes Kind sprach ... Die Frau neben uns, die uns nicht bemerkte, sprach mit offenen Augen gegen die Decke. Im Uhrzeigersinn gelangte ich schließlich zu dem – etwa – siebzehnjährigen Mädchen (ihr wunderschöner Busen lag fast unbedeckt), das nichts anderes von mir wollte als eine Zigarette. Ich versprach ihr meinen Segen. Ein anderes Mädchen in einem anderen Zimmer reichte mir ihr Mittagessen, das ich an ihrem Bett für sie essen musste. Die Oberschwester führte mich von Zimmer zu Zimmer. Die Bibel, die ich nicht hatte, ich hatte sie wohl wissend nicht mitgenommen – zu Recht, meinte die Schwester. An manchen Betten regte sich meine Versuchung, die Patienten sehr detailliert über ihre Operationen zu befragen, vor allem aber nach der Art der Narkose, ob Vollnarkose oder spinal, nur nebenbei gefragt, aus seelsorgerischem Interesse. Ich fragte, ob die Spritzennadel bei der Spinalanästhesie wirklich hauchdünn sei? Oder nicht doch um einiges größer? Jedenfalls größer als erwartet? Am Ende gar stricknadelgroß? Manche Patienten zeigten sich durch meine Fragerei verunsichert. Andere drehten sich um und schliefen weiter. Ich bekam kaum wirkliche Antworten. Ein Patient konnte sich nicht erinnern. Ein anderer wusste nicht, was ich meinte. Der Nächste war kaum ansprechbar – offensichtlich Vollnarkose. Die Schwester, sie sprach – *unter uns* – den Tod mancher Patienten offen an (wenn nicht aus). Sie reichte mir eine Tasse Tee. *Die Patienten mögen Sie*, sagte sie, mit einem Gesichtsausdruck, dessen unmerkliches Augenzwingern mir zu bedeuten schien: *Wer immer Sie auch sein mögen.* Ich berührte zahllose Hände. Ich spendete Trost. Wie spendet man Trost? Ich weiß es nicht. Aus manchen Zimmern kam ich kaum mehr heraus. *Bitte!* Sie sagten es mit Blicken. *Bitte!* Sie sagten es mit Worten. Also blieb ich. Ich fragte mich, mit welchen dieser Patienten ich demnächst auf einem Zimmer liegen würde, als Patient. Von Patient zu Patient. In der Rolle des Klinikseelsorgers. Bett an Bett. *Ich liege mit dem Klinikseelsorger.* Für manche Patienten vielleicht ein Trost. *Ach der Klinikseelsorger.* Kein größerer Trost als mit einem Klinikseelsorger von Patient zu Patient im selben Zimmer zu liegen und sprechen zu können – vielleicht sogar Trost spenden zu dürfen ... Ein Windstoß, die Tür flog auf, es wehte das Weiß einiger Ärzte, die über mich hinweg einen Patienten beäugten, gegen die Infusionsflasche tippten und wieder aus dem Zimmer wehten – wahre Götter! Ein Patient fragte ständig *Warum*? Warum er? Warum nicht sein Kollege? Warum überhaupt irgendjemand? Warum sein Bein? Warum der Unfall? Warum die Schmerzen? Warum ... Als ich zu gehen versuchte, fragte er mich: *Würden Sie meine Schmerzen mit mir teilen?* Aber natürlich, antwortete ich. Was für eine schamlose Lüge. Niemals und unter keinen Umständen würde ich *seine* Schmerzen mit ihm teilen wollen. Erst am Nachmittag fand ich einen unbemerkten Augenblick, um am Schwesternzimmer vorbei in einen Abstellraum zu kommen und von dort in ein Treppenhaus und von dort aus der Klinik zu mir nach Hause …

Wenn ich nachts aus Träumen schrecke, dann liegt Bettina neben mir und sagt: »Es war nur ein Traum.« Bettina! Was ich an ihr liebe ist, dass sie niemals empört oder entrüstet ist, was immer ich sage. Dies kann man nicht hoch genug schätzen: eine Frau, die niemals empört oder entrüstet ist. Wohlwahr, sie fühlt, nicht nur mit mir, sondern auch mit sich selbst, sie fühlt und empfindet wie kein anderer Mensch, doch niemals erlebte ich sie empört oder entrüstet. Auch das Wort Nachtschwester versteht sie richtig, im wahrsten Sinne des Wortes: *Nacht-Schwester* – andere Frauen wären entsetzt. Sie lacht nicht, wenn ich meinen Blutdruck messe. Sie selbst legt mir die Manschette an. Zur Vorbereitung auf das Krankenhaus kocht sie mir typische Klinikspeisen. Nachmittags besucht sie mich an meinem Bett, so als wäre die Operation bereits geschafft. Sie übt mit mir das Laufen auf Krücken. Vorauseilende Krankengymnastik. Sie sprüht Desinfektionsmittel, damit ich mich an den Geruch des Krankenhauses gewöhne. Sie ist rührend. Sie weckt mich gegen sechs Uhr morgens zum Fieber- und Blutdruckmessen. Sie sticht mir Akupunkturnadeln ins Ohr – dies als Schmerztraining. Ich spüre den bohrenden Schmerz in meinem Bein – vorauseilender Schmerz vor der Operation oder besser: eine Ahnung der bohrenden

Schmerzen nach der Operation. Mit schweren Schlafmitteln versuche ich andeutungsweise den Tiefschlaf der Vollnarkose zu erleben. Stündlich entscheide ich mich neu, für die Vollnarkose, dann wieder für die spinale Narkose, und entscheide mich wieder um, von der spinalen wieder zur Vollnarkose und von der Vollnarkose wieder zur spinalen Narkose, und Bettina nimmt jede neue Entscheidung händedrückend zu sich, so als wäre jede meiner Entscheidungen die einzig wahre und richtige. Sie nimmt es hin, wenn ich fernsehschauend bemerke, dass ich die nächste Folge dieser oder jener Fernsehserie wohl nicht mehr erleben oder vielleicht nur noch im Koma erleben werde. Sie nimmt dies hin, nicht im Sinne der Zustimmung einer Tatsache, sondern aus Respekt vor meiner Angst. Es ist ja nicht nur *meine* Angst, sondern die Universalangst der Menschheit. Alle weiteren Vorträge meiner Vortragstätigkeit hat sie *wegen Krankheit* abgesagt. Sie versteht meinen Beruf, ohne ihn zu kennen. Sie sagte, nicht ohne Stolz: »Niemals traf ich einen Menschen, der einen Beruf erfunden hat.« Dies klang wie ein Nachruf. Über die Entwürfe meiner Todesanzeigen sieht sie taktvoll hinweg – fast lächelnd … Gleiches gilt für die Prospekte der neuesten orthopädischen Geräte, in denen ich blättere. Ich zähle die Tage … Womöglich hält sie mich für einen verkappten Selbstmörder. *Niemand hängt mehr am Leben als der Selbstmörder*, sagte ich ihr gestern. Sie sieht über solche Sätze großmütig hinweg. *Durch nichts unterscheidet sich das Bild der Spritze, die die Vollnarkose einleitet, von der Spritze, mit der heute*

Todesstrafen vollzogen werden. Sie hätte allen Grund zu sagen: *Beleidige die Toten nicht!* Sie könnte vieles sagen, doch sie sagt es nicht. Nicht einmal die Frage, warum ich gerade vor dieser Operation die größte Angst habe, wenn ich doch schon so viele Operationen erlebt (überlebt) habe. Oraler Pessimist. Wie bitte? Ich sei ein oraler Pessimist, meint der Psychiater. Selbst Bettina nennt mich so, wenn auch nur im Scherz. Oraler Pessimist. Pessimist, von mir aus ja, doch was soll das Wort oral. Ich esse nicht viel. Ich rauche nicht. Ich trinke nicht. Ich lutsche nicht. Ich habe keinen auffälligen Mund. Warum kein nasaler Pessimist? Der Psychiater hat keine Ahnung. Er verschreibt mir großzügig Medikamente, wohlwahr, doch von Krankenhäusern hat er keine Ahnung. Kaum ein Arzt hat von Krankenhäusern eine wirkliche Ahnung. Nicht einmal eine unwirkliche Ahnung. Gerade meine unwirklichen Ahnungen haben sich am meisten bestätigt. Es ist der Tod, den wir vergessen, wenn wir je vergessen. Es ist der sichere Tod, gegen den die größten Optimisten immer wieder ansprechen. Es ist der Tod, auf den ich mich vorzubereiten beginne. Bücher würde ich gerne noch lesen. Liebe Bettina, was ich an dir liebe ist, dass du niemals empört oder entrüstet bist …

Ich habe ihn soeben ins Krankenhaus gefahren: endlich! Ich, Bettina, ausgerechnet Bettina, er nennt mich Bettina. Ich habe ihn mitten im Satz vom Schreibtisch ins Auto geführt und ins Krankenhaus gefahren. Es wurde höchste Zeit. Wir kamen viel zu spät. Bei der Aufnahme gab es keine Probleme. Das

Personal ist sehr freundlich. Nun bin ich wieder zurück. Ich sitze an seinem Schreibtisch. Er bat mich, seine Aufzeichnungen auszudrucken, aber erst nach der Operation. Wohl um der Welt den schriftlichen Beweis zu liefern, wie Recht er hatte. Er ist furchtbar rechthaberisch. Jeder Mensch wird bei diesem Thema rechthaberisch. Selbst meinen Namen hat er geändert, nur um Recht zu behalten. Jeden Satz, den er auf dem Balkon der Klinik sprach, sprach er wie eine letztwillige Verfügung, bis hin zu den Zigaretten, die ich ihm holen sollte. Bitte erst nach der Operation ausdrucken! *Nun habe ich seine Aufzeichnungen vor der Operation ausgedruckt. Nach der Operation wird er nichts mehr von ihnen wissen wollen. Ich hebe sie auf, als erste kleine Betrachtung des Todes eines geliebten Menschen, der sich noch lange auf seinen Tod vorbereiten muss.*

Die Frau und das Buch

Die Bailey University, eine der alten renommierten Universitäten der USA, liegt mitten in einer Stadt namens New Eden, im Schatten von Hochhäusern und lodernden Schornsteinen, umzingelt von Armut, bewacht von Polizisten der Universität. Sie wurde in den dreißiger Jahren durch eine Laune des Geldes abgerissen und völlig neu aufgebaut. Die Architektur nennt sich gotisch, genauer: neogotisch, noch genauer: neoneogotisch, d.h. die Imitation einer Imitation. Die Gebäude sollen aussehen wie die Colleges in Oxford und Cambridge, oder vielmehr so aussehen, wie man sich in Amerika Oxford und Cambridge vorgestellt hatte und wohl immer noch vorstellt. Das Ergebnis sieht dementsprechend aus, kaum wie Oxford oder Cambridge, sondern wie ein gesteigertes Neuschwanstein mit grotesken Türmchen, Burggräben und Zugbrücken – darum herum zwei elektrisch geladene Zäune und stählerne Wachtürme.

Die Bailey University ist nicht nur ein Zentrum des Geistes, sondern auch ein Bollwerk der Ruhe im Zentrum eines Orkans, und der ruhigste Punkt inmitten dieses Zentrums, der absolute Ruhepunkt, ist der Innenhof der Bibliothek, umgeben von meterdicken Mauern – auf den Mauern efeubewachsene Zinnen.

An diesem Ort saß ich oft auf einer Bank unter altehrwürdigen Bäumen und las. Im tiefsten Schatten der Bäume, in einem entlegenen Winkel des Hofes: der Umriss eines Menschen, eine junge Frau, die unter einem Torbogen stand und aus einem dicken Buch las. Sie las laut. Vielleicht ein Gedicht, ein langes Gedicht, ein sehr langes Gedicht, denn nach einer Stunde hörte ich ihre Stimme immer noch. Eine merkwürdige Stimme, zweifellos eine schöne Stimme, auch wenn die Stimme nicht schön sein wollte, so wie alles an dieser Frau schön war, ihr Gesicht, ihr zerrissener Rock, ihr schwarzes Haar, ihre weißen Arme, ohne schön sein zu wollen. Ohne es zu wollen, war sie die schönste Frau, die ich in der Neuen Welt sah. Doch viel mehr noch betörte mich die Idee, sich in den einzigen Garten des Molochs hinzustellen und aus einem Buch vorzulesen. Nichts von dem, was sie las, konnte ich verstehen, doch ihre Stimme, ihre Stimme ... Sie sprach ruhig, bestimmt, nicht besonders laut, aber auch nicht verschüchtert leise. Sie deklamierte. Doch sie deklamierte, ohne sich selbst oder anderen dabei gefallen zu wollen. Nichts von der schmunzelnden Selbstzufriedenheit des probenden Schauspielers, der mit eigenen Ohren hören möchte, wie schön er spricht. Nichts von der Effekthascherei und Rechthaberei der vielen Schwätzer, denen ich früher zuhören und applaudieren musste. Schwätzerei ist das Wort. Ihre Stimme war unfähig zur Schwätzerei. Jedes Wort, das sie aussprach, war mit Bedacht gesprochen, als ob sich mit ihm eine eigene Welt verbindet, mit Bedacht, ohne dabei einzelne Wörter zu betonen. Ich glaube nicht, dass sie etwas Bestimmtes auf den Punkt bringen wollte; vielmehr klang ihre Stimme so, als wollte sie laut aussprechen, was man sonst nur liest. Die Seiten ihres dicken Buches mussten eng gedruckt sein, denn es dauerte etwa eine halbe Stunde, bis ihre Hand eine Seite umblätterte. Nie kam sie ins Stocken, doch sie sprach auch nicht beflissen. Aus ihrer Stimme klang Erschöpfung, doch es gab keinen Zweifel, dass sie weiterlesen würde, bis zur letzten Seite des Buches.

Es wurde dunkel, ich musste auch nach Hause, also stand ich auf und wollte gehen, doch die Tür, durch die ich gekommen war, war verschlossen, so suchte ich nach einem anderen Ausgang und kam dabei in ihre Nähe, ohne es zu wollen, denn ich wollte sie nicht stören – auch fürchtete ich ihre Nähe, weil ich nichts mehr als ihre Nähe wünschte ... Hinter ihr sah ich eine Tür, die letzte Tür, die noch blieb, um aus dem Hof zu kommen. Ich ging an ihr vorbei, so leise wie möglich, und ich hörte ihre Stimme nun deutlicher ... Sie las Namen, einfach nur Namen, und dies in alphabetischer Reihenfolge: Nachname, Vorname, Nachname, Vorname, Nachname, Vorname ..., keine Dichternamen oder Namen von Berühmtheiten, sondern die Namen ganz gewöhnlicher Menschen. Viele Namen kamen mir bekannt vor, doch nur als Namen, nicht die Menschen, die damit benannt waren – die bekannten Allerweltsnamen unbekannter Menschen. Es war so, als ob sie ein Telefonbuch vorlesen würde, und in der Tat, das schwere Buch, aus dem sie las, war ein Telefonbuch.

Wie in einer endlosen Litanei verlas sie die Namen eines Telefonbuchs. Ich konnte es genau sehen, denn ich stand nun fast vor ihr. Sie bemerkte mich, doch sie beachtete mich nicht, las ruhig weiter. Als ich an ihr vorbeiging, sah ich ihren Atem auf ihrer Brust. Die Tür hinter ihr war offen, und ich ging nach Hause.

Ich wälzte mich die ganze Nacht in Gedanken an meine lesende Liebe im Innenhof der Bibliothek. Das Telefonbuch war eine Enttäuschung. Warum gerade ein Telefonbuch? Was für eine wahllose Verschwendung von Talent, Zeit und Kraft. Es gibt Gedichte, Dramen, Romane, unbekannte Romane, ungelesene Romane, vergessene Romane, namenlose Romane, doch sie, ausgerechnet sie, liest aus einem Telefonbuch. Ein Telefonbuch. Nein, hier hört die Kunst auf. Was will sie damit zeigen? Dass es unzählige Menschen gibt, die ein Telefon haben? Dass all diese Menschen auf einen Anruf warten? Natürlich warten sie auf einen Anruf, und sie warten auf einen Anruf von einem Menschen wie ihr. Warum ich überhaupt noch das Telefon abnehme? Weil ich auf eine Stimme wie sie hoffe. Weil ich mein ganzes Leben einen Menschen wie sie ersehnte. Deshalb habe ich ein Telefon. Deshalb haben die Menschen Telefon. Was nützt es ihnen, einfach ihre Namen im hintersten Winkel der Welt vorzulesen. Was will sie mit diesen Namen bedeuten oder andeuten? Dass die Welt nur aus Namen besteht? Oder dass diese Namen zu Menschen gehören, die sich alle in sie verlieben würden? Wer wollte das bestreiten. Ein Telefonbuch. Warum gerade ein Telefonbuch? Sie las ja nur

Namen, ohne die dazugehörenden Telefonnummern. Würde sie wenigstens einen dieser Namen anwählen und dann aussprechen. Und was ist mit den Menschen, die gar kein Telefon haben? Keine zwei Meilen von ihr liegen die ersten Leichen New Edens, und sie liest aus einem Telefonbuch. Ich weiß, dass dieser Einwand nicht gerecht ist, dass auch zwei Meilen von mir die ersten Leichen liegen, während ich im Bett liege und nur an meine Liebe denke, doch ich bin verliebt. Ein Telefonbuch. Wahrscheinlich liest sie aus dem Telefonbuch New Edens. Auch mein Name steht in diesem Buch, weit hinten. Irgendwann wird sie auch zu meinem Namen gelangen, ihn aussprechen, für mich ein großer Augenblick, für sie nur ein Name, dem der nächste Name im Alphabet folgt, und der nächste, und der nächste ... Wenn mein Name nur der letzte in diesem Telefonbuch wäre, dann würde sie vielleicht über diesen Namen nachdenken, mit diesem Namen im Kopf das Buch zuklappen, vielleicht mit einem Gefühl der Erleichterung, oder aber mit einem Anflug von Mitleid, dass ich ganz hinten stehe ...

Am nächsten Tag ging ich wieder in den Innenhof der Bibliothek. Sie stand immer noch dort, an derselben Stelle, mit demselben Buch und las mit derselben Stimme, im selben Rhythmus, unermüdlich, obgleich ich sicher war, dass sie die ganze Nacht dort gestanden und gelesen hatte. Überall an ihr sah man die Reste einer langen Nacht – ihr Kleid war feucht, ihr Haar mit Tau bedeckt. Ich glaube, sie bemerkte meine Anwesenheit, doch sie beachtete mich nicht. Warum sollte sie? Andererseits war ich ihr treuster Zuhörer, denn außer uns zeigte sich nur selten eine Menschenseele an diesem Ort. Ich setzte mich auf eine Bank und las in einem Buch, während sie den ganzen Tag aus ihrem Buch vorlas. Ich las Geschichten. Sie las Namen. Ich wehre mich gegen den Zynismus, dass die Welt nur aus Namen besteht. Es gibt auch Worte, Begriffe, Gedanken, Geschichten und Menschen. Was ist in einem Namen? Nicht nur ich frage mich das, sondern auch Julia fragte dies Romeo: *What is in a name?* Warum las sie nicht aus Romeo und Julia? Wahrscheinlich wäre ihr das zu kurz. Telefonbücher sind, je länger ich darüber nachdachte, tatsächlich die dicksten Bücher der Welt, und diese Frau war von dem Ehrgeiz getrieben, als einziger Mensch der Welt ein solches Buch von Anfang bis zum Ende an einem Stück laut gelesen zu haben. Bravo! Doch wen könnte sie damit beeindrucken? Nicht einmal einen deutschen Philologen. Je mehr ich mich auf die Welt dieser Frau einließ, umso mehr stellte auch ich mir sinnlose Fragen: Wie viele Tage es dauern würde, um ein ganzes Telefonbuch zu lesen? Vielleicht drei oder vier Tage. Drei oder vier Tage, um die Menschen einer einzigen Stadt beim Namen zu nennen. Na und. Wenn kümmert es? Was ändert das? Wird die Welt dadurch besser oder schlechter? Geht die Welt davon unter? Nein, das Leben geht weiter. Ich war immer noch in sie verliebt. Meine Gedanken kreisten voller Verbitterung um sie, doch wenn ich aufschaute und sie betrachtete, dann sah ich, dass ich in sie verliebt war – trotz allem. Ich wollte aufstehen, zu ihr gehen und ihr sagen, dass auch mein Name in ihrem Buch steht, dass sie nur einmal aufschauen soll, um sich diesen Namen von Nahem anzuschauen, dass ich nicht nur ein Name, sondern ein Mensch bin, der sich in sie verliebt hat und … Es war zwecklos. Am Abend stand ich auf und ging wortlos an ihr vorbei nach Hause.

Am nächsten Morgen stand sie immer noch da, nun merklich gezeichnet und müde. Ich begann mir ernsthaft Sorgen zu machen. Es hatte die ganze Nacht geregnet und es regnete weiter. Sie stand völlig durchnässt. Sie las nicht anders als die Tage davor, nur dass sie nun immer öfter hustete. Ich sah auch, dass ihr Buch zitterte, dass sie selbst am ganzen Leib zitterte. Sie war krank. Sie war nicht nur völlig verrückt, sondern ernsthaft krank. Nachmittags hörte es auf zu regnen, ein kalter Wind kam auf und trocknete ihr Kleid und ihr versträhntes Haar – ihr Gesicht blieb nass. Sie hatte Fieber. Ihr Husten wurde stärker. Wie eine verwitterte Statue stand sie unbewegt im Wind und hustete und las. Ich stand auf, ging zu ihr, wollte mit ihr sprechen, sie zum Aufhören bewegen, doch ihr Blick, ihr Blick … So legte ich meinen Anorak um ihre Schultern. Auf ihrem Kleid sah ich Blut. Für einen Augenblick deuteten ihre aufgesprungenen Lippen ein Lächeln an. Dann lief ich ins Innere der Bibliothek und sprach mit einem Sicherheitsbeamten: Da draußen steht eine Frau. Der Mann zuckte mit den Schultern. Sie steht dort schon seit drei Tagen und Nächten. Sie ist krank. Sie hat Fieber. Sie hat eine Lungenentzündung. Sie wird sich den Tod holen. Er schaute mich ratlos an. Man muss sie wegbringen. Man muss sie wegbringen. Er sagte nur: »Wir sind ein freies Land. Wenn sie da stehen will ...« Ich sprach mit anderen Bediensteten der Universität, doch sie wussten nicht so recht ... Ich hätte das Telefonbuch nicht erwähnen sollen. Dadurch wurde alles unglaubwürdig und ich verlor sehr viel Zeit. Ich eilte also wieder zu ihr zurück ... Zwei Sanitäter kamen mir entgegen und trugen sie auf einer Trage durch die Bibliothek. Ich hörte ihre Stimme. Sie sprach keine Namen mehr, sondern Worte: »Where is my book? I need my book! I want the book! The book!« Ich rannte in den Innenhof und fand das aufgeweichte Buch neben einem Busch, hob es auf, wollte es ihr nachbringen ... Noch auf meinem Weg zurück durch die Bibliothek hörte ich die langgezogene Sirene des Krankenwagens, der sie wegbrachte.

Erst zu Hause betrachtete ich das Buch. Es war kein Telefonbuch. Es war ein Buch der *US Army*. Auf dem Buchrücken stand: *Volume* 57, darunter eine Jahreszahl, darunter ein Monat. Das Buch hatte mehrere tausend Seiten, auf denen eng gedruckt Namen aufgelistet waren, ohne Telefonnummern. Es war kein Telefonbuch. Es war die Liste der Menschen, die im Oktober 1944 in Auschwitz starben.

Vortragsreisende

Keineswegs waren Vortragsreisende immer die erhabenen Persönlichkeiten gewesen, die im 19. Jahrhundert die Vortragskunst zu einem Beruf machten und von ihrem Publikum mit ungewöhnlicher Hochachtung behandelt wurden. Sie galten als Gentlemen-Gelehrte und Reisende. Das eine bedingte das andere: der reisende Gebildete und der gebildet Reisende. Es schien der Öffentlichkeit so, als ob Vortragsreisende nicht zu diesem oder jenem Vortrag reisten, sondern in jedem Fall, ohne einen wirklichen Grund immerzu reisten und weiterreisten. Vielleicht aus Langeweile oder reisender Nervosität, um sich hin und wieder zu einem Vortrag überreden zu lassen. Ohne Not schienen sie ihr Wissen beiläufig reisend und sprechend kundzutun: in Hotels oder Kursälen, oder auch an bewegten Orten (in den Speisewagen von Zügen oder auf den ersten luxuriösen Schiffspassagen nach Amerika). Reisend verbreitete sich ihr Ansehen in Zeitungen oder auf Plakaten. Sie galten als bewandert, weitgereist, weltläufig, welterfahren oder wenigstens erfahren. Sie hatten die Welt er-fahren. Sie sprachen aus Er-fahrung. Sie reisten aus Er-fahrung. Sie reisten – wenigstens in der Vorstellung ihrer Zuhörer – erster Klasse, in Begleitung von Dienern und Assistenten, zumindest in

Begleitung ehrfürchtig lauschender Mitreisender, oder ihnen nachreisender Bewunderer, oftmals Damen, und mit ihnen reisten die Zeitungen, die die Ankunft eines Vortragsreisenden in einer neuen Stadt ankündigten. Die erfolgreichsten Vortragsreisenden – etwa Karl von Oven – hatten ein gesichertes Einkommen: Einkünfte aus Vortragsgebühren, Hotelzulagen, Gebühren für private Vorträge und Tagessätze für Staatsaufträge. Andere lebten von den Apanagen privater Gönner oder lebten im Ruf spektakulärer Krankheiten. Sie lebten von Krankheit zu Krankheit in den bekanntesten Sanatorien ihrer Zeit, unter der Anteilnahme ständiger medizinischer Bulletins in gesonderten Zeitungskolumnen, gestützt auf Spenden, die etlichen Vortragsreisenden die Fortsetzung ihrer Krankengeschichte (oder Krankenreise oder Reisekrankheit) ermöglichten. »Das Leben ist eine Kur«, telegraphierte der Vortragsreisende Kronauer seinem wartenden Impresario. Und in der Tat: Selbst auf unbedeutenden Nebenstrecken des damaligen Eisenbahnnetzes reihten sich die Kurorte zu immer weiteren Intermezzi einer Vortrags- oder Krankenreise. Z. B.: Reise nach Bad Peterstal von Rottenburg über Bad Niedernau, Bad Obernau, Bad Imnau und so weiter … Fahrkarte ausgestellt von einem ahnungslosen Bahnbeamten … Fahrkarte immer wieder verlängert … Wochen, Monate und Jahre konnten bis zum Zielbahnhof vergehen … Geld spielte keine Rolle. »Vor Geld ist niemand sicher«, soll Kronauer in einem Vortrag gesagt haben. Es folgte ihm selbst nach seiner Blütezeit auf seinen letzten Reisen.

Es reiste ihm nach. Oder eilte ihm und seiner Reputation voraus. Vortragshonorare nahm er stets auf Bahnhöfen entgegen. Bei der Übergabe eines Honorars sagte der edle Spender: »Aber buchen Sie keine Weltreise.« Aber nein!

Andere Vortragsreisende lebten in (oder von) atemberaubenden Schulden. Kein Gedanke daran, diese Schulden ernsthaft zurückzubezahlen. Vielmehr beherrschten sie gegenüber ihren Gläubigern die Kunst exaltierter Gesten: des Dankes, der tiefen Betroffenheit, des Beschämtseins, der Blumensträuße oder Freikarten für einen Vortrag – oder des Schweigens. Stanislav Stromberg bezahlte seine Hotelrechnungen von Fall zu Fall. In den Aufzeichnungen seines Assistenten heißt es: »je nach Applaus oder Art der Hoteldirektion oder Dauer eines Aufenthalts …« Wer in die Nähe eines Vortragsreisenden kam, der geriet bald in den Taumel wirrer Geldangelegenheiten, der gehörte früher oder später zu den Auserwählten oder Lieben im Gefolge unbezahlter Rechnungen und atemberaubender Schulden. Er konnte gar nicht anders als helfen: aushelfen, mithelfen, weiterhelfen … Unter Freunden … Im Bann des Vortragsreisenden. Angezogen und hineingezogen wie in ein schwarzes Loch. »Sie hätten ihn gestern Abend hören sollen.« Bürgen sprangen ein, Gläubiger reisten wieder ab. Nicht nur die gutgläubigen Gläubiger gaben Geld. Sie gaben es für immer.

Alles schien sich auf dem Gipfel ihrer Zeit, der Zeit des Kaiserreichs, der Jahrhundertwende, der Zeit der Vortragsreisenden …; alles, fast alles, schien sich dem

Ansehen des Vortragsreisenden zu fügen: ihre Vortragskunst, ihre Reisen, ihr Auftreten, ihre Geldgeschäfte, ihre Schulden, ihre Krankheiten, ihre Gebärden, ihr Gepäck, ihre Gepäckträger, die Zeitungen, der Zeitgeist, die Zeit ... Und natürlich ihr Publikum, das aufstrebende Bürgertum wie die absterbende Aristokratie. All das und vieles mehr fügte sich zum Ruhm der Vortragsreisenden. Sie verkörperten ihre Zeit, die wie alle Zeiten ihre Verkörperung suchte, die Verkörperung unaussprechlicher Gefühle und Stimmungen, die in der Figur des Vortragsreisenden ein Bild fanden, so wie sich die heutige Zeit in der Hand eines Tennisspielers zusammenballt oder im Eckzahn eines Filmschauspielers glänzt.

Auf alten Fotos sieht man Vortragsreisende oft mit einem Lächeln, aus dem teils gelangweilte Müdigkeit, teils Verlegenheit spricht, als wollten sie sagen: *Was kann ich dafür.* Oder: *Das habe ich nicht gewollt.* Manche Gesichter schwanken zwischen verschämtem Lächeln und lächelnder Beschämtheit über den Trubel an Huldigungen, die in diese Fotos hineinstrahlen. Einige Münder wirken fast grimassenhaft. Alle verbliebenen Fotos zeigen Vortragsreisende vor oder nach einem Vortrag, nie in ihrem eigentlichen Metier oder Element, während eines Vortrags. Man hört geradezu die entschuldigenden Kommentare der Fotografen: *Ja, gewiss, das Bild ist eine Enttäuschung, doch Sie hätten ihn erleben sollen.* Sie hätten ihn erleben sollen, beispielsweise Kronauer, in seinem unvergesslichen Vortrag zu Ehren des 50. Geburtstages des Kaisers persönlich. Sie hätten ihn hören sollen.* Und den Monarchen dabei sehen sollen. Sie, die großen Vortragsreisenden der Jahrhundertwende, sie stehen in diesen Fotos teils alleine, teils von anderen Menschen umrahmt. Sie stehen, als hätte man sie in diese Bilder hineingestoßen. Sie wirken wie überrumpelt, von ihrem eigenen Erfolg überrumpelt, oder sie stehen steifarmig in achselzuckenden Gesten der Ratlosigkeit und Unbeholfenheit, sprachlos über die Maßlosigkeit des Taumels, der ihr Leben begleitete, der ihr Leben war …

Noch im frühen 19. Jahrhundert waren Vortragsreisende kaum mehr als reisende Gastwirte, die ihre Zuhörer mit Salben und Tinkturen versorgten und ihnen »zusätzlich zu ihrem jeweiligen Fachwissen noch Wein und Bier verkauften«, heißt es in einem Geschichtsbuch. »Sie wurden auch nicht etwa von ihren Mitbürgern geachtet, sondern wurden oft eher als Spottfiguren angesehen.« Die Wochenschriften dieser Zeit zeigten sie als »eitle, rechthaberische und streitsüchtige Exzentriker«, die verfilzte Perücken trugen. Doch schon gegen Mitte des 19. Jahrhunderts hatten sie »einen neuen Nimbus.«

---

* Die Aufzeichnungen Kurt Riezlers berichten, Kronauer habe dem Kaiser gar nicht zum Geburtstag gratuliert, sondern vielmehr den Deutschen und der ganzen Welt, einen solchen Monarchen wie Kaiser Wilhelm II. hervorgebracht zu haben. Andere Aufzeichnungen betonen die liebenswerte Behutsamkeit, mit der Kronauer die Frage des monarchischen Alters und Alterns anging, eine Frage, die den Kaiser zunehmend belastete: »Geburtstag, liebe Majestät, verstehe ich als Feier der Tatsache, dass es einen Menschen überhaupt gibt.«

Heute ist der Beruf des Vortragsreisenden so gut wie vergessen. Selbst die Möglichkeit eines solchen Berufs (oder auch nur der Name) ist dem Wissen der Allgemeinheit entschwunden. Oder sollte man sagen: ist uns mit den Jahren und Jahrzehnten entgangen. So wie man sagt: *Dieser Vortrag ist mir entgangen* – das Requiem auf den schleichenden Niedergang des Vortragsreisenden. Der Niedergang begann mit dem Ersten Weltkrieg. Kaum ein Vortragsreisender war in Kriegsfragen bewandert. Hinzu kamen die nun eingeschränkten Möglichkeiten des Reisens. Der Niedergang setzte sich nach dem Krieg fort mit dem Rundfunk, dem Kino, dem Automobil, der zunehmenden Beweglichkeit immer mehr Menschen, womit das Wort Vortragsreisender mehr und mehr ad absurdum geführt wurde. Als ob andere Menschen nicht reisen würden. Bald sogar mit dem eigenen Auto oder mit dem Flugzeug. Der Vortragsreisende dagegen war immer ein Bahnreisender. Doch nun wurde das Bahnreisen, zumal nach dem Zweiten Weltkrieg, langsam zu einem Spottbild der Unbedarftheit, des schleichenden Abstiegs, des endlosen Wartens, ja der Uner-fahren-heit. Wohlwahr: In den fünfziger Jahren des 20. Jahrhunderts erlebten Vortragsreisende noch eine letzte kleine Renaissance. Man sieht es an der Architektur dieser Zeit, die ein letztes Mal, wenn auch nur in kleinen Details, einen Hauch von geschwungener Großzügigkeit und Weltläufigkeit ausstrahlt. Man spürt die verstockte Sehnsucht dieser Zeit nach der großen Zeit der vorletzten Jahrhundertwende, der »Welt von Gestern«, man spürt diese Sehnsucht noch am deutlichsten in einigen wenigen Kurorten. Doch mit jeder stillgelegten Bahnlinie ging eine Vortragsreise mehr verloren. Und gerade die Nebenlinien waren einst die Hauptlinien ausgedehnter Vortragsreisen. Und mit jeder stillgelegten Vortragsreise nahte das Ende eines Vortragsreisenden ein wenig mehr. Und mit jedem Ende eines Vortragsreisenden begann auch das Ende ganzer Kurorte. Wer kennt heute noch Bad Imnau? Nie gehört? Wer würde nicht erschrecken über den entwaffnenden Glanz eines Kursaals wie der in Bad Imnau. Ganz und gar unerwartet steht er in einem kleinen Tal, am Rande eines verwilderten Parks, am Ende eines unscheinbaren Dorfes. Wer würde nicht erschrecken über die Verfallenheit solcher Schönheit. Lebendig begraben. Es waren Vortragsreisende, die diese Säle füllten, denen diese Säle auf den Leib geschnitten waren.

Die wenigen, die letzten Vortragsreisenden reisen heutzutage unerkannt zu irgendeinem spärlich besuchten Vortrag und sie reisen am nächsten Tag (oder noch am selben Abend) unbeachtet wieder ab. Oder sie reisen erst gar nicht an, dem schwindenden Interesse und Publikum der von ihnen bereisten Orte gehorchend. Die unscheinbaren Plakate, die einen Vortragsreisenden ankündigen, hängen meist in dunklen Ecken, an entlegenen Seiten- oder Rückwänden. Man erkennt sie überhaupt erst durch zusätzliche, über die Plakate geklebte Mitteilungen: *Vortrag fällt aus* – mangels Publikum. Manche Plakate hängen noch Jahre später neben noch älteren Plakaten, die an Vorträge erinnern, die nie stattgefunden haben. Einige Plakate hängen an Bahnhöfen, die keine Bahnhöfe mehr sind, oder hängen in Gesellschaft vergilbter Zugfahrpläne, deren Züge nicht mehr fahren, oder sie hängen an den Rückwänden niedergehender Kioske neben Reklametafeln längst vergessener Limonade- und Zigarettenmarken.

Jenseits

Als ich die letzten Nächte schlief, hatte ich folgenden Traum: Ich lag tot auf dem Bett. Es war später Nachmittag. Die Sonne schien. Ich hatte aufgehört zu atmen. Kinder spielten in einem benachbarten Kindergarten. Die Fernbedienung des Fernsehapparats lag noch in meiner Hand. Durch die Ritzen der Jalousien flimmerten verstaubte Sonnenstrahlen. Sie leuchteten in kleinen Rechtecken gegen die Wand an meinem Bett. Ich lag in Kindheitserinnerungen. In der Wohnung über mir schrie ein Baby. Ich versuchte es – in Gedanken – zu beruhigen. Später hörte ich auf meiner Terrasse Geräusche. Jemand klopfte gegen die Terrassentür. Mein Name wurde gerufen, mehrere Male, in der Stimme meines Nachbarn, Nachbar Urban, der mich, wie des öfteren, zu einem Glas Bier aufsuchen wollte. Das Bier stand bereits in meinem Kühlschrank. Er wollte dringend mit mir sprechen. Ich hörte es an seiner ertrinkenden Stimme. Es ging ihm nicht gut. Er rief meinen Namen mehrere Male. Seine Rufe klangen wie Hilferufe. Er klopfte gegen das Glas der Terrassentür. »Bist du da!?« Er glaubte es an der Art der herabgelassenen Jalousien zu erkennen, dass ich daheim war. Wo sollte ich sonst sein. Er ging in die Knie und blickte mit verrenktem Kopf in die Wohnung. Der Blick ging von unten nach oben. Als er mich entdeckte, sah ich in seinen Augen blankes Entsetzen. Er sprang auf und wich zurück. Ich hörte einen leichten Aufruf, etwas Ähnliches wie »O Gott!« Dann seine davoneilenden Schritte. Erst jetzt wurde mir die Tragweite deutlich. Ich war tot. Ich hatte es in den Augen eines anderen gesehen. Das Entsetzen war überdeutlich. Armer Urban! Er war es, der einen Ersatzschlüssel für meine Wohnung hatte. Er war es, an dem es nun lag, meine Wohnung zu öffnen, an mein Bett zu treten und meinen Tod nicht nur zu sehen, sondern ihn leibhaftig festzustellen. Es war nun an ihm, einen Arzt zu rufen, mit der Nachricht meines Todes – sicherlich kein leichtes Telefonat. Ich selbst hatte keine Ahnung, mit welchen Worten man so etwas meldet. Ich lag und wartete. Allmählich wurde es dunkel. In der Wohnung neben mir wurden Jalousien herabgelassen – ungewöhnlich bedächtig und rücksichtsvoll. Ich wartete weiter. Kein Arzt. Kein Geräusch eines Schlüssels an meiner Tür. Kein Urban. Auch kein Hausmeister, den er hätte rufen können. Ich verstehe seinen Schrecken. Ich verstehe, wie sehr mein Anblick ihn schockiert hat. Ich verstehe seine Bestürzung. Er musste sich erst beruhigen und fassen. Also wartete ich weiter. Ich war ruhig, nicht obenauf, aber im Großen und Ganzen ruhig. Die unterschiedlichsten Todesursachen gingen mir durch den Kopf: ein Infarkt; ein Schlaganfall; multiples Organversagen. Mein Großvater starb an multiplem Organversagen, einfach so, aus dem Nichts, sagte der Arzt. Was immer das heißen mag. Mein eigener Tod schien mir weniger ein Einschlafen als vielmehr ein langatmig umständliches Erwachen. Als ob ich nach langem Schlaf allmählich aufwachen würde, sonst nichts. Für einen kurzen Augenblick lehnten sich meine Gedanken zurück, mit den Worten: Sich einfach, aus dem Nichts, der Welt tot zu hinterlassen. Oder sollte ich sagen: überlassen? Mein Telefon klingelte – nur einige wenige Male, dann brach der Anrufer ab. Ich lag nun in aller Dunkelheit. Die Fernbedienung des Fernsehers glitt aus meiner Hand, der Fernsehapparat schaltete sich an, also lag ich kaum anders als sonst und schaute fern – bis in den frühen Morgen. Dabei dachte ich an meine Jugend, an eine Schulfreundin von mir, die nahezu unbemerkt während der Sommerferien an einer seltenen Krankheit gestorben war. Nach den Sommerferien war sie nicht mehr da. Sie starb innerhalb weniger Tage, aus heiterem Himmel, noch unbemerkter als ich selbst. Ich erinnerte mich nun an ihre frühen Brüste, an ihre ständig wechselnden T-Shirts, die sie in den Pausen auf der Toilette aus- und wieder anzog. Ich erinnerte mich, wie sie sich mit langen Armen im Unterricht meldete, nein, sich reckte und streckte. Wenn sie aufgerufen wurde, sagte sie: »Darf ich bitte aufs Klo.« Einmal saß sie ausdrücklich neben mir. Melanie, sie hieß Melanie. Während ich an sie dachte, gingen mir die zahlreichen Angelegenheiten durch den Kopf, die es nun zu erledigen galt: die Meldung meines Todes in der Schule, die Benachrichtigung des Oberschulamtes sowie anderer Ämter, der Totenschein ... Ein Marathon an Erledigungen!

Mehr Bürokratie als zu den schlimmsten Lebzeiten. Unzählige Telefonate, stupides Warten, Weiterverbundenwerden, die Ungläubigkeit mancher Kollegen, Beileidsbekundungen, Bescheinigungen, Überweisungen, Nachzahlungen ... Von den Vorbereitungen für die eigentliche Beerdigung ganz zu schweigen: Sargwahl, Blumenschmuck, Kränze, die Organisation des Leichenschmauses. Nicht zuletzt die Frage: Ob kirchliche oder nichtkirchliche Bestattung? Sarg oder Urne? Ich hatte keine Ahnung. Dann die Todesanzeige. Mir fehlten die Worte. Schlimmer noch als alles andere quälte mich die Frage: Wie bringe ich es meiner Familie bei? Dies konnte noch warten. Zuallererst galt es, mich ... meinen Tod in der Schule zu melden. Die Herbstferien gingen zu Ende. Das Schulhalbjahr kam in seine entscheidende Phase. Das Abitur rückte näher und näher. Gutachten mussten geschrieben, Aufsätze korrigiert werden. Meine Schüler warteten dringend darauf. Ein Ersatzlehrer musste bestellt werden. Mündliche wie schriftliche Klausuren verschoben werden! Wenn dies überhaupt noch möglich war. Meine Augen schielten zum Schreibtisch: die Klassenarbeiten. Sie lagen überdeutlich auf einem großen Haufen. *Bitte!* Ich hörte den Tonfall heller Stimmen, die Stimmen meiner Schüler. Sie fragten nach ihren Aufsätzen: nach einem ersten Eindruck oder gar Ergebnis. Jeder einzelne Aufsatz ein Aufsatz, ein Schüler, ein Elternhaus, eine Familie, eine Welt für sich. Sie warteten – schon seit mehr als einer Woche. *Bitte!* Ich durchdachte die Möglichkeit wenigstens einer flüchtigen Korrektur, aus dem Augenwinkel, mit einigen groben Randbemerkungen wie: *Gut, Besser, Immer Besser … Weiter so!* Frei assoziierende Korrekturen, die mir durch den Kopf gingen, während ich überlegte, auf welchem Weg man die Aufsätze den Schülern wieder zurückgeben könnte – wenn schon nicht zurückgeben, so doch wenigstens ein Ergebnis übermitteln. Man könnte die Noten auf ein Blatt Papier schreiben und mit einer einzigen Generalunterschrift beglaubigen. Es ist durchaus möglich Aufsätze zu korrigieren, ohne sie wirklich zu lesen. Wer weiß das besser als ich. Ich wähle einzelne Sätze, an denen ich einhake, durchaus nicht negativ als vielmehr frei assoziierend, derart dass dieser Satz eines Schülers an einen ähnlichen Satz eines Dichters oder Philosophen erinnert, der wiederum die Gedanken anderer Dichter oder Philosophen berührt, und so weiter und so fort – Kettensätze freundlicher Rückmeldungen für die Bemühungen meiner Schüler. Jeder ihrer Aufsätze ist Teil einer frei assoziierten Weltgeschichte. Das Telefon klingelte. Diesmal länger. Der Anrufer brach nicht ab. Er ließ seinen Anruf deutlich klingeln und weiterklingeln. Mein Anrufbeantworter schaltete sich ein. Meine Stimme klang nicht anders als sonst, gesund und freundlich: *Bitte hinterlassen Sie eine Nachricht auf Band. Ich werde Sie zurückrufen.* Dann hörte ich den vertrauten Atem meines Kollegen: Jürgen Prange! Wer sonst? Wenn nicht jetzt, dann spätestens in einer halben Stunde. Jürgen Prange. An jedem Wochenende, während der Ferien, während der Schule: das Telefon und Jürgen Prange. Sein Atem ist nicht einfach nur

Atmen als vielmehr Luftholen vor umfassenden Angelegenheiten – Angelegenheiten von größter Bedeutung: Stundenpläne, Lehrpläne, Schulpläne, Ersatzpläne … Kein Tatbestand, kein Gespräch, keine Unterrichtsminute ohne irgendeinen Plan. Man könnte sagen: Er ist ein leidenschaftlicher Planwirt, wäre es nicht genau umgekehrt, wäre er nicht ein entschiedener Gegner jeder Planwirtschaft, ist er doch ein begeisterter Anhänger der Marktwirtschaft und ein Bewunderer von Adam Smith. Er hat über ihn seine Doktorarbeit geschrieben. Er unterrichtet Englisch. Jahrelang telefonierte er mich aus dem Bett. Er spricht keine wirklichen Nachrichten, sondern Gedanken. Gedanken zu diesem und zu jenem. *Bist du da?* Er duzt mich. Wir alle duzen uns. *Bist du da?* So als ob er immer und zu jeder Zeit mit meinem Dasein rechnen könnte. *Bist du …?* Ja, ich bin … Selbstverständlich bin ich da. Und selbst wenn ich nicht da bin, spricht er so, als wäre ich da, unbedingt. Einmal, vor Monaten, war ich spät nachts nach Hause gekommen. Ich war betrunken gewesen, in Erwartung am nächsten Tag frei zu haben, und ich hörte, als ich zurückkam und mich ins Bett fallen lassen wollte, Jürgen Prange auf dem Anrufbeantworter, mit der ewigen Frage: *Bist du da?* Dann teilte er mir mit, eine Delegation habe sich für den nächsten Morgen in unserer Schule angekündigt. Meine Anwesenheit sei dringend erwünscht. Ob ich einen kurzen Vortrag halten könnte? Einen Vortrag über Didaktik. Ich habe keine Ahnung von Didaktik. Ich duschte mich. Ich kochte Kaffee. Ich versuchte mich wieder nüchtern zu kriegen, in fieberhaften Gedanken an Didaktik, kroch hinters Bücherregal und suchte mir Fachbücher zusammen ... Bis eine viertel Stunde vor Beginn des Vortrages arbeitete ich an diesem Vortrag. All das nur wegen eines achtlos eingeschalteten Anrufbeantworters. Und nun, einmal mehr, mitten in den Ferien, ich war noch keine 18 Stunden tot, wieder die Stimme Jürgen Pranges: *Bist du da?* Er war sich völlig sicher, dass ich gar nicht anders konnte, als immerzu dazusein. Einen Moment lang glaubte ich eine Bewegung meiner linken Hand zu spüren. Er habe eine Mitteilung zu machen ... *Eine sehr wichtige Mitteilung* ... Schließlich legte er auf. Er war verärgert. Ich lag in völliger Dunkelheit; der Fernseher hatte sich ausgeschaltet; in meinem Kopf überschlug ich einige Noten für das Halbjahrszeugnis. Ich ersann Noten für Arbeiten, die noch gar nicht geschrieben waren, die aber unbedingt geschrieben werden mussten, noch in diesem Monat. Note auf Note; Arbeit für Arbeit; Schüler um Schüler. Ich arbeitete an einer Art Testament, ein schulisches Testament guter und bester Noten, die ich meinen Schülern zum Abschied hinterlassen wollte. Ein Feuerwerk herausragender Noten als Ermutigung. Was mehr kann ein Lehrer der Welt hinterlassen als Noten – Noten und Grüße und Worte an die illustre Elternsprecherin: Sie möge den anderen Eltern ausrichten, sie seien gute Eltern, ihre Kinder seien gute Schüler, die Schüler seien intelligent, aufgeweckt, liebenswert, begabt, auf einem guten Weg, auch ohne mich, in der Obhut neuer, ja jüngerer Lehrer. Es dämmerte. Für einen Moment war es mir, als hätte ich geschlafen. Als das Telefon klingelte, war es hell am Tag. Es sprach die Stimme unseres Sportlehrers auf meinen Anrufbeantworter. Dem folgten die Anrufe weiterer Kollegen – unter ihnen auch die Sekretärin unserer Schulleiterin: Warum ich nicht zurückrufe? Wo ich sei? Ob es mir nicht gut gehe? Bitttelefonate wachsender Sorge: Ob ich krank sei? *Bitte melden Sie sich!* Die Schulleiterin … Sie habe nach mir gefragt … Es gehe um eine wichtige Anfrage … Eine Anfrage von außen … Von größter Bedeutung … Später am Nachmittag sprach die Schulleiterin persönlich: Eine Frau des Fernsehens habe angerufen. Sie werde bald bei mir anrufen. Sie suche einen Lehrer für ein kurzes Interview … Pause. Ein Interview im Fernsehen … Von 18 Uhr 45 bis 18 Uhr 52 … Am Donnerstag … Nur ein kurzes Gespräch … über Bildung, PISA und Didaktik … Das Kollegium habe sich für mich ausgesprochen … Ich sei noch jung … Jung, eloquent und bei den Schülern beliebt … Sie sprach von meiner Schauspielerfahrung und meiner Theater-AG … Sie erwähnte mein Buch … Sie bat um Rückruf und legte auf. Ich lag wieder im dunklen. Jung? Ich sei noch jung? Seit bald 20 Jahren hält man mich an dieser Schule für jung. Selbst ganz junge Kollegen halten mich für jung. Auch die Schulleiterin. Sie ist jünger als ich, aber sie hält mich für jung. Ewige Jugend eines Menschen, der seit 24 Stunden tot im Bett lag. Schauspielerfahrung? Ich war nie in meinem Leben auf einer Bühne gewesen. Oder habe freiwillig ein Theater betreten –

lediglich gezwungenermaßen als Aufsicht bei Klassenfahrten. Kaum mehr als eine Aufsicht war auch meine Leitung der Theater-AG. Was habe ich hier vorzuweisen? Ein Weihnachtsstück mit der Unterstufe, ein Jugendstück mit der Oberstufe. Sonst nichts. Allenfalls hochtrabende Pläne für die ferne Zukunft. Vielleicht Shakespeare. *Was ihr wollt.* Ich selbst war für die Rolle des Malvolio vorgesehen. So der Vorschlag der Elternsprecherin: »Sie wären ein wunderbarer Malvolio.« In ihrer Phantasie malte sie bereits an den Plakaten: *Was ihr wollt, von William Shakespeare. Persönliches Erscheinen des Klassenlehrers in der Rolle des Malvolio.* Niemals und zu keinem Zeitpunkt hatte ich vor, dieses Stück jemals zur Aufführung zu bringen. Ich schielte auf das Bücherregal, blickte suchend nach meinem Buch. Ausgerechnet die Erwähnung dieses absurden Buches. Es hat nicht einmal 80 Seiten. Es kann sich von allein kaum aufrecht halten. Es gleicht eher einer Broschüre als einem Buch. Sein Titel: *Interpretationshilfen.* So viel zu meinem Buch. Die Elternsprecherin, sie war begeistert von diesem Buch, nannte mich einen Autoren, sprach von dem hervorragenden wissenschaftlichen Niveau an unserer Schule und meinte mein Buch. Die Schule – sie nimmt keine Ende. Sie ist endlos. Sie klingelt weiter und weiter und weiter. Einmal Lehrer – immer Lehrer – bis in alle Ewigkeit. Mit der allergrößten Willensanstrengung versuchte ich mich millimeterweise dem Telefon zu nähern. Immer noch hoffte ich auf Nachbar Urban. Vielleicht würde er sich nach und nach wieder fassen. Vielleicht würde er zusammen mit einem Arzt oder dem Hausmeister die Tür aufschließen. Aus ratloser Pietät würde er meinen Namen mehrmals durch die Wohnung rufen, und dann meinen Tod feststellen, um daraufhin – nach einigen Minuten des Schweigens – endlich die Schule anzurufen und ihnen Mitteilung zu machen: Ihr Kollege ist tot. Ja, tot. Schicken Sie einen anderen Kollegen ins Fernsehen. Doch keine Spur, kein Geräusch von Nachbar Urban. Womöglich war er abgereist. Ich lag in aller Dunkelheit. Als ich am nächsten Morgen aufwachte, war das Fernsehen am Telefon. Eine Frau Claassen sprach auf den Anrufbeantworter: »Hier Claassen vom Fernsehen.« Mit welcher Selbstverständlichkeit sie das Wort Fernsehen aussprach, wie einen alten Freund. Sie begrüßte mich. Sie bedankte sich. Sie entschuldigte sich. Sie habe meine Nummer von meiner Schulleiterin. »Haben Sie am Donnerstagabend Zeit? Für ein kurzes Interview? Im Abendprogramm, über Bildung, PISA und Didaktik.« Sie machte eine kurze Pause, so als gewährte sie mir Bedenkzeit, dann hinterließ sie ihre Nummer. Nicht die entfernteste Andeutung eines drängenden Untertons. Sie war völlig ruhig, freundlich und ruhig, so als bestünde kein Zweifel, dass ich sie zurückrufen würde. Einige Stunden lang blieb das Telefon still. Ich hörte einigen spielenden Kindern im Garten zu. Später saß ich für einen kurzen Augenblick aufrecht. In Reichweite des Schreibtisches. Mir kamen einige Ideen für eine Grabinschrift. Ich erinnerte mich an die Zeilen eines Gedichts: *Du bist neu unter dem Himmel und frei.* Ein solcher Satz würde mir gefallen. Oder:

Ein Tod ist … ein Tod ist … ein Tod ist … ein Tod ist … kein Tod wie … jeder andere. Dann lag ich wieder. Mein Gesicht blieb zum Schreibtisch geneigt. Vielleicht, dachte ich, gibt es irgendeinen Satz eines Aufsatzes, der als Grabinschrift dienen könnte? Ich dachte neugierig an die schönsten Formulierungen in den besten Aufsätzen meiner liebsten Schüler. Ich dachte an einige Sätze der Philosophie: *Manche werden posthum geboren.* Oder: *Nur wo Gräber sind, gibt es Auferstehungen.* Für einen Moment war ich ohne Raum und Zeit. An meinem Schreibtisch fand ich mich wieder, über die Hefte meiner Schüler gebeugt, in rasenden Korrekturen ihrer Aufsätze, die ich mit euphorischen Randbemerkungen umrankte: *Hervorragend! Famos! Brillant!* Ich schrieb mit meinem Grünstift; der Rotstift war unauffindbar. Ich strich nicht durch, ich strich nicht an. Vielmehr unterstrich ich liebgewonnene Sätze. Ich korrigierte nicht, sondern bestätigte, untermauerte, unterstützte, nahm einzelne Sätze an die Hand, führte sie zu einem guten Ende. Jeder Aufsatz ein Happy End. Niemals korrigierte ich so schnell, so bestimmt, so begeistert, an einem einzigen Nachmittag. Zwischendurch kamen einige Faxe, die ich nebenbei bearbeitete: der Kostenvoranschlag eines Beerdigungsunternehmens; ein Schreiben des Friedhofamts; ein vorläufiger Totenschein; ein Beileidsfax meines Zahnarztes … – gefolgt von einem weiteren Anruf Jürgen Pranges: »Ich … Ich hatte ja keine Ahnung«, sagte er, ein wenig verlegen, »dass es dir so schlecht geht. Wie konnte ich das wissen?« Er war ernsthaft betroffen. Er fragte in den kleinsten Worten: Und? Wie? Wann? Er habe Frau Claassen vom Fernsehen bereits Bescheid gegeben. Natürlich habe sie Verständnis. Er sprach von Genesung. Bis Donnerstag seien es noch einige Tage hin. Er sprach allen Ernstes von Genesung. Behutsam legte er den Hörer auf. Er legte den Hörer auf, so als trippelte er auf Zehenspitzen aus meinem Zimmer mit der Botschaft an die draußen Wartenden: Er schläft jetzt. Er hat Fieber. Er ist auf dem Weg der Besserung. Er behandelte meinen Tod wie eine Temperatur, eine vorbeiziehende Grippe. Typisch Prange. Am nächsten Morgen überschlugen sich die Anrufe: die Schule, das Kollegium, Frau Claassen, das Fernsehen, die einmalige Chance ... Als Prange wieder am Telefon war, nahm ich den Hörer ab und antwortete ihm, ohne Vorwarnung, aus dem Nichts, mit ruhiger Stimme: »Mir geht es besser ... Viel besser ... Natürlich werde ich den Termin einhalten ... Donnerstag bin ich wieder auf den Beinen ... Ich sitze bereits an meinem Schreibtisch und korrigiere Aufsätze.« Prange war sprachlos. Seine Welt schien aus den Fugen. Stets ist er auf die Zurückweisung irgendeines Widerspruchs eingestellt. Alle denkbaren Bedenken gegen eine Sache scheint er bereits im Voraus zu ahnen, noch bevor sein Gegenüber überhaupt Worte findet, sie auszusprechen. Jedes Zögern behandelt er als Alarmzeichen und Aufsässigkeit – weniger gegen ihn selbst als gegen alle Vernunft, gegen die ganze Welt. Er spricht so, als wäre er durch zahllose Überredungsgespräche klug und müde geworden. Nun wunderte er sich über so wenig Widerstand. Ich nahm ihm die Worte aus dem Mund. Ich schien nicht einmal Angst zu haben. Nicht einmal das. Auch keine Angst vor dem Fernsehen. Ich sagte ihm: »Wer hat heute noch Angst vor dem Fernsehen.« Prange war sprachlos. Er wirkte irritiert, fast beleidigt über das Ausbleiben jedweder Zögerlichkeit. Er sagte: »Ich freue mich, ehrlich.« Er legte auf, und ich wählte die Nummer Frau Claassens. Sie war sogleich am Apparat. Mit überschwänglicher Stimme rief sie meinen Namen. Als ob wir uns bereits gut kennen würden. Sie fragte mich, wie es mir gehe. Ich antwortete: »Danke, besser.« Auch sie sprach von einer vorbeiziehenden Erkältung. Ihre Ahnungslosigkeit betörte mich. Als ob das Leben unter allen Umständen weitergehe, dank ihrer liebenswerten Ahnungslosigkeit, dank ihrer melodischen Stimme, dank des Interviews am Donnerstag, dank des Fernsehens … Sie fragte, als wäre es nur noch eine Formfrage: »Haben Sie am Donnerstag Zeit? Wir wollen Sie für ein Interview.« Vor meinem Ableben hätte ich noch gefragt: Ein Interview? Wozu? Über welches Thema? Was soll das? Ich bin nicht vorbereitet. Ich habe keine Ahnung. Ich war noch nie in meinem Leben im Fernsehen gewesen. Warum gerade jetzt? Warum gerade ich? Ich überstehe das nicht … Als Toter spricht man anders: Warum nicht? Das Schlimmste ist bereits überstanden. Selbst diesen Irrsinn werde ich noch überstehen. Es wird gar nicht so weit kommen – ist es doch nur eine Frage der Zeit, bis ich in meiner Wohnung gefunden werde. Gerne können Sie die Beerdigung filmen. Gerne stehe ich Ihnen zur Verfügung.

Wenn es nicht stört, dass ich noch nie in meinem Leben im Fernsehen war ... Corina Claassen antwortete: »Nein, das stört überhaupt nicht.« Wenn überdies meine belegte Stimme nicht stört ... »Nein«, antwortete Corina Claassen, »das stört nicht. Im Gegenteil. Sie haben eine wunderbare Stimme.« Sie verwies auf die Stimme auf meinem Anrufbeantworter. Ich sagte ihr, die Stimme sei bereits mehrere Jahre alt. Ihre Antwort: »Das macht nichts.« Dann sagte sie: »Es geht um ein Interview über Bildung, PISA und Didaktik ... Aus der Sicht eines Lehrers ... Sie können frei sprechen ...« Und sie fragte mich, wann ich donnerstags kommen könnte? Ich antwortete: »Wann immer Sie wollen.« Sie fragte: »Soll ich Sie abholen lassen?« Ich antwortete: »Nein, ich komme mit dem Taxi.« Nochmals hinterließ sie mir ihre Nummer, falls ich Fragen hätte. Sie gab mir auch die genaue Adresse. »Folgen Sie dem Schild Fernsehstudios.« Wir verabschiedeten uns und legten auf. Einen Moment lang glaubte ich ihr Parfum in meiner Wohnung zu riechen. Dann saß ich wieder über meinen Aufsätzen. Nebenher studierte ich ein Fax mit Informationen über einige Sargmodelle. Mit einem Gasthof verhandelte ich über ein Nebenzimmer, in dem der Leichenschmaus stattfinden soll. Es wird Linsen mit Spätzle geben – das Leibgericht meiner Geschwister – oder wahlweise Rahmbraten mit Champions. Ich schrieb die ersten Einladungen zu meiner Beerdigung, in Form handgeschriebener Postkarten an Kollegen, an Verwandte und Bekannte. Ein Herr der Zeitung rief mich an. Ich antwortete ihm kurz und knapp, dass ich es mir anders überlegt habe, dass ich auf eine Todesanzeige verzichte. Eine solche Anzeige würde nur Verwirrung stiften. Er versuchte mich umzustimmen, schlug immer neue Formulierungen vor: *Wir Schüler / Kollegen / Eltern trauern um unseren geliebten Lehrer … Er starb nach langer Krankheit / unerwartet / viel zu früh …* Mit Verlaub gefragt: Welcher Tod käme nicht zu früh? Welcher Tod könnte von sich behaupten, gerade zum rechten Zeitpunkt zu kommen, auf die Minute pünktlich. Ich legte den Hörer ab und korrigierte weiter. In einem der Aufsätze las ich den Satz: *Der Mensch ist mehr als nur eine Maschine …* Welch bemerkenswerter Satz. Und ich erinnerte mich wieder an die Stimme Corina Claassens … Mitten in meine Randbemerkungen eines Schulaufsatzes hinein hatte ich ihre Durchwahlnummer notiert. Ich hörte noch ihren Satz: »Rufen Sie mich an, wenn Sie Fragen haben.« Natürlich hatte ich Fragen. Sie kamen mir nun, je frischer ich wurde, schlagartig in den Sinn: Was genau ich in diesem Interview gefragt werden würde? Wie lange es dauern werde? In welcher Sendung es stattfinden werde? In welchem Fernsehprogramm? Was ich anziehen sollte? »Was Sie wollen«, antwortete sie. »Was Sie wollen.« Sie war sehr liebenswürdig und freundlich. Sie beruhigte mich. »Es handelt sich lediglich um ein siebenminütiges Interview.« Sieben Minuten!? »Ja, sieben Minuten.« Mit Schrecken sah ich diese sieben Minuten vor mir, in der Ewigkeit stammelnder Antworten, die ohne Richtung dahinirren … Ich deutete an, wie sehr mir damit geholfen wäre, wenn sie mir die Fragen des Interviews vorab durchgeben würde, damit ich die Antworten daheim einüben könnte … Sie antwortete: »Ich kenne die Fragen nicht einmal.« Woraufhin sie mir erklärte, dass nicht sie, sondern jemand anderes das Interview führen werde. Sie blätterte in einem Kalender. »Frau Dohnanyi hat am Donnerstag Dienst.« Ich hörte sie fragen: »Sie kennen Sujata Dohnanyi?« Nein, ich kannte sie nicht, hatte noch nie von ihr gehört, geschweige denn sie im Fernsehen gesehen. Noch kannte ich ihre Sendung. Das entsprechende Programm konnte ich gar nicht empfangen. Im Übrigen war ich auch nicht im Besitz eines Fernsehapparats … Sie beruhigte mich: »Das macht doch nichts.« Und sie fügte hinzu: Es handle sich lediglich um ein siebenminütiges Interview … Über Bildung und Didaktik … Ganz allgemein … In aller Gemütlichkeit … Von Sessel zu Sessel … Die Kameras weit im Hintergrund … Nur eine kurze Unterhaltung … Über Schule und Schüler … Lehrer und Erzieher … Über Deutschaufsätze … Freundschaftlich … Menschlich … Live … Die Zeit vergehe wie im Flug … Der Flug spontaner Fragen und Antworten … Im Angesicht der langjährigen Erfahrung von Sujata Dohnanyi … Sie freue sich … Wie auch Corina Claassen sich freute … Nochmals beschrieb sie mir die Anfahrt … Dann stellte sie mir einige biographische Fragen: Geburtsdatum, Bildungsgang, Berufsstationen … Machte sich Notizen … Lächelte hörbar … Freute sich auf die Sendung … Donnerstag … Um 17 Uhr … Bei den Fernsehstudios … Tschüß …

Und ich saß wieder über meinen Deutschaufsätzen. Live!? Sie hatte gesagt, die Sendung sei live!? Einige Minuten dachte ich daran sie anzurufen mit dem Vorschlag, die Sendung vielleicht vorab aufzuzeichnen, in aller Behutsamkeit, in mehreren Anläufen. Wir Lehrer sind Freunde der Vorbereitung. Aus der Sicht eines Lehrers gibt es keinen Unterricht, den man einfach, mir nichts, dir nichts, aus dem Stegreif *live* abhalten könnte. Das Wort steht gegen alle Lehrerfahrung. *Hier stehe ich live* ... Ich erhob mich von meinem Stuhl und stand in meiner Wohnung *live* ... *Heute unterrichte ich live* ... *Ich spreche zu euch live* ... *Ich beantworte eure Fragen live* ... Ich sah mich bereits mit eigenen Augen im Fernsehen – *live.* Mein Gesicht spiegelte sich auf der Mattscheibe meines Fernsehers. *Natürlich* war ich im Besitz eines Fernsehapparats. Um die Wahrheit zu sagen, es sind zwei Fernsehapparate. Einer steht im Schlafzimmer, der andere im Wohnzimmer. Er steht im Zentrum der längsten Wand, von allen Seiten geschützt, so als könnte er sich unterkühlen oder verletzen. Er steht eingerahmt wie ein kostbares Gemälde. Mehr als nur ein Gemälde. Eher schon in der Art eines Schreins. Die Fernbedienungen beider Fernseher sind meine ständigen Begleiter. Sie liegen auf dem Schreibtisch oder auf dem Nachttisch. Ich nehme sie mit in die Küche, ins Badezimmer oder gar auf Spaziergänge – begleitet von der stillen Vorfreude auf einen Film oder eine Reportage. Ich kenne keinen leidenschaftlicheren Fernsehschauer als mich selbst. In dieser Hinsicht habe und hatte ich das größte Verständnis für meine

Schüler. Ja, ich war ihnen ein leuchtendes Vorbild, ein begeisterter Fürsprecher, ohne dies offen aussprechen zu können. Nur ein Mal, als ein Schüler mich fragte, was ich denn als Lektüre auf dem Nachttisch liegen hätte, antwortete ich: die Fernbedienung meines Fernsehers, und die ganze Klasse lachte. Ja, statt Deutsch hätte ich ihnen viel aufrichtiger das Fernsehschauen unterrichten können. Als Lektüre regte ich den Roman *Der Fernsehgast* an. Der Fernsehgast war ich selbst, beichtete ich augenzwinkernd meinen erstaunten Schülern, und sie glaubten mir kein Wort. Vielleicht, so sagte ich ihnen einmal, vielleicht zeigt sich der Tod am deutlichsten in dem jähen Ende unserer liebsten Fernsehserien, die man mit dem Hinscheiden nicht mehr sehen, nicht mehr weiterverfolgen kann – von einem Tag auf den anderen. Selbstverständlich kannte ich Sujata Dohnanyi. Welch dreiste Lüge von mir zu behaupten, sie noch nie gesehen zu haben. Ausgerechnet Sujata Dohnanyi. Ich hatte sie fast täglich gesehen – erst nur als beiläufiges Gesicht im Fluss der vielen Fernsehprogramme, zwischen denen ich abends hin- und herschaltete; jedoch ein beiläufiges Gesicht, das ich im Durchschalten der Programme nicht vergessen konnte. Je planloser ich schaltete, umso häufiger kam ich auf sie zurück. Erst unmerklich, dann immer deutlicher und offener. Sie war mir wie ein Treibanker in dem Gewirr nichtiger Abendsendungen – eine schlagartige, Halt gebende Erscheinung. Ihre Sendung ist völlig belanglos. Sie, Sujata Dohnanyi, räumt es selbst ein. In jedem Satz, den sie spricht, räumt sie es augenzwinkernd ein: Ich spreche Nachrichten … Regionalnachrichten … Wie zum schelmischen Gruß an alte Freunde. Jawohl, Regionalnachrichten: Ich bitte um Absolution … Wer könnte ihr diese Absolution verweigern. Und sie spricht Nachrichten, nein, nicht einmal Nachrichten, sondern Nettigkeiten und Nichtigkeiten: Eine Wiese hier, da ein Gehweg, dort ein Eisverkäufer, eine neue Ampel, eine Turmuhr … Fast jeder Satz, den sie spricht, ist begleitet von ihrem unvergessbaren Lächeln, ein ausbrechendes Lächeln, das über all das hinausgeht, was sie offiziell spricht. Sie lässt keinen Zweifel daran, dass sie nicht ist, was sie spricht und nicht spricht, was sie ist. Ihr ausbrechendes Lächeln … Es bricht aus ihrem Mund, aus ihren Worten, aus jedem Satz, den sie spricht, aus der ganzen Sendung – wie ein sich losreißendes Kind. Teils wirkt ihr Lächeln verlegen – Verlegenheit über den Irrwitz hier überhaupt zu stehen –, teils schelmisch, den Betrachter aufmunternd; teils konspirativ. Es gilt all denen, die dies erkennen. Sie ist der vollkommene Triumph der Sprache, der Gesten, der Andeutungen über allen Inhalt. Sie erinnert mich an eine Figur aus einem Drama, das ich liebe. Mit glänzenden Lippen spricht die Hauptfigur zum Publikum: *Meine Lippen bewegen sich. Nur das ist wichtig. Dass und wie sie sich bewegen ist bedeutsamer als die Worte, die durch sie hindurchkommen.* So auch bei Sujata Dohnanyi. Das Gesprochene ist nur Anlass ihrer Lippen. Die Nachrichten wie Nebengeräusche – wie in den Blicken zugreisender Menschen, die sich, ohne ein Wort zu wechseln, immer näher kommen. Sie ist der vollkommene Triumph des Sehens. Wo sonst hätte ich sie sehen sollen, wenn nicht im Fernsehen. Ich sah sie mit dem Gefühl, sie schon längst zu kennen – und auch sie mich – alleine schon durch ihre Blicke. Und selbst wenn dem nicht so sein sollte – ahnte ich – sah ich – dass ich sie irgendwann kennen lernen würde – oder sie mich. Fast täglich verfolgte ich ihr Lächeln, nicht nur ihr Lächeln, sondern auch ihre kleinen Launen. Umso verschämter sah ich sie nun, in diesem Moment, im Fernsehen, mit einem anderen Gast, einem Förster, den sie befragte: zum Wald, zu einigen Pilzsorten und einem Auerhahn. Noch in dieser Woche würde ich selbst an seiner Stelle sitzen: ausgerechnet ich, ausgerechnet mit ihr – ausgerechnet jetzt! Ich war ja nicht gerade in bester Verfassung. Der Englischlehrer Jürgen Prange hätte gesagt: *not in my prime*. Nicht in meiner Blüte. Nicht in meinen besten Jahren. Nicht gerade in Hochform. Weit entfernt von früheren Momenten. Ohne Saft und Kraft. So der unterschwellige Vorwurf mancher Kollegen: Ich würde ein wenig farblos wirken, blutleer, kraftlos. Leblos! Es sei nicht gerade leicht, sich mit mir zu befreunden oder mit mir zu identifizieren. Als ob ich dies je verlangt hätte. Man fühle sich von mir nicht unbedingt geliebt. Ich sei kein runder Charakter – *round character*. Was denn dann? Eher ein *flat character* – eine flache, dünnatmige, dünnschalige Figur. Zu viel Sprache und zu wenig Substanz. *More matter with less art*, sagte Jürgen Prange, besonders während der Zeugniskonferenzen. Nicht so viel Sprache – endlich zur Sache. Würde man mich aufschreiben, etwa in Form einer Erzählung, wer wollte einen Menschen wie mich lesen – fragte ich mich selbst, nachdem ich mich in der Tat einige Seiten lang aufgeschrieben hatte und eine Bekannte es gelesen und mir wieder zurückgegeben hatte. Wer wollte einen Menschen wie mich lesen – oder hören – geschweige denn im Fernsehen sehen, wenn nicht ohne die Fürsprache des Kollegiums, das in stiller, tänzelnder Übereinkunft dem Fernsehen meinen Namen vorgeschlagen hatte. Ausgerechnet er. Ausgerechnet ich. Ein Karneval der Bloßstellungen. Ein hilfloses Gestotter. Meine gedrungene Körperhaltung. Mein blasses Gesicht. Eine öffentliche Hinrichtung. Eine kollegiale Lachorgie. Eine Leichenschau. Und doch fragte sich so mancher Kollege, wie es dazu kam, wie es dazu kommen konnte, dass ich bei den Schülern beliebt war. Ja, beliebt! Warum ist er so beliebt!? Wie ist das möglich!? Wie macht er das!? Wie unendlich leblos muss sein Unterricht sein. Ohne Elan, ohne Durchschlagskraft, ohne greifbares Ergebnis. Kalte Didaktik. Mein Erfolg verdanke sich nichts anderem als kalter Didaktik. Was wäre, frage ich, demgegenüber warme Didaktik? Schulterklopfen? Umarmungen von hinten? Mein Erfolg verdanke sich kalter Didaktik. Sowie meinen übertriebenen Noten. Übertrieben gut. Nicht übertrieben schlecht, sondern übertrieben gut. Meine Kollegen, sie mochten meine Schüler nicht. Und meine Schüler mochten meine Kollegen nicht. Selbst meine Schüler, sagte man, wirkten matt, ohne Biss, geisterhaft – wie Untote. Ich war in der Tat ein wenig bleich und abgemagert und müde. Nicht gerade in meiner Blüte ... Das Telefon klingelte. Es klingelte zum wiederholten Male. Meine weitläufige Bekannte Michaela war am Apparat. Es ging um die Ansprache. Welche Ansprache? Sie war perplex. Meine Ahnungslosigkeit und Gleichgültigkeit machte sie wütend. Ich aber hatte nur noch Augen und Ohren für den bevorstehenden Fernsehauftritt. Sie wollte unbedingt eine Ansprache halten. Wenn schon nicht bei meiner Beerdigung, dann doch wenigstens danach, im kleinen Kreis, im Gasthaus. Sie wollte zur Überraschung aller Anwesenden aufstehen und einige Worte sagen. Ich konnte ihr dies nicht ausreden. Ich sagte ihr, das sei doch nicht nötig. Sie antwortete vor Empörung bebend: »Doch, es ist nötig!« Sie schrieb bereits an ihrer Ansprache. Sie wollte mir den ersten Teil zufaxen und meine Reaktion hören. Bitte nicht! Auf meinem Schreibtisch lagen schon all die Aufsätze, die ich noch zu korrigieren hatte ... Bitte keine weiteren Korrekturen! Sprache auf Sprache, Worte für Worte häuften sich auf meinem Schreibtisch für irgendeine Korrektur. Sie faxte mir ihre Ansprache dennoch. »Wie gefällt sie dir?« Ja, sie gefiel mir. Ich hatte sie nur flüchtig gelesen, aber sie gefiel mir: die Einleitung, der Hauptteil, der Schlussteil. Ihr dagegen kamen zunehmend Zweifel, zunächst an einzelnen Wörtern, später an Sätzen und ganzen Paragraphen. Schon saßen wir über eine Stunde am Telefon, über ihrer Ansprache, die sie so gerne halten wollte. Gemeinsam suchten wir nach Worten, nach Sätzen, nach Anekdoten, nach Überleitungen, nach

Zitaten … *Nun ist er tot. Er starb völlig überraschend. Er starb mitten in unsere Seelen hinein* … Ich fragte sie: Warum in unsere Seelen hinein? Viele Menschen sterben aus unseren Seelen hinaus. Über derlei Bemerkungen war sie empört. *Er hinterlässt weder Frau noch Kinder, aber Schüler* … Wie mir das gefallen würde? Ja, es gefiel mir. Ihr dagegen gefiel dieser Satz immer weniger. Sie suchte nach anderen, ewigen, einzigartigen Sätzen – unteilbare Sätze. Mit nichts und niemandem zu teilen. Selbst im Tod können die Menschen nicht teilen, schon gar nicht Worte oder Sätze. »Wie bitte?« Nichts. Ich sagte nichts. Es war wohl ihr Ziel, die anwesenden Gäste zum Weinen zu bewegen. »Ja, zum Weinen«, sagte sie. Ihre Stimme bebte. Ob ich denn gar nicht traurig sei? Ich antwortete: Es wäre den Menschen mehr geholfen, statt erst am Grab, bereits zu Lebzeiten um sie zu weinen – vielleicht sogar mit ihnen zu weinen. Was half mir ihre plötzliche Traurigkeit jetzt. Sie legte auf. Ich saß nun alleine über ihrer Ansprache, blätterte ratlos in der Bibel, später in einigen Schriften Goethes, dann bei Heidegger und Nietzsche. Ohne Erfolg. Ich formulierte Anekdoten, die ich wieder verwarf. Ich saß bereits seit einem ganzen – vergeblichen – Tag an dieser Ansprache, die mir nicht gelingen wollte. Bei jedem anderen Toten wäre mir die Ansprache vielleicht geglückt, nur nicht bei mir selbst. Das Telefon klingelte. Es war die illustre Elternsprecherin. Sie kondolierte. Sie sagte: »Wie furchtbar. Wie schrecklich.« Auch sie dachte an eine Ansprache. Bitte nicht. Sie aber sagte: »Doch, natürlich, das ist ja das mindeste.« Sie bestand darauf. Ich erwähnte die Aufsätze, die noch nicht korrigiert seien. Einen Augenblick wirkte sie zögerlich. Sie wollte mich keinesfalls von der Korrektur der Arbeiten abbringen. Sie fragte, ob ich bereits einen Blick auf den Aufsatz ihrer Tochter geworfen hätte? Ich verneinte. Ich versprach ihr, sie später zurückzurufen. Also rief ich sie zurück. Bald waren wir mitten drin in einem langen Gespräch über ihre Ansprache. Wie wird eine solche Ansprache am Grab eines Lehrers ausgehen? Trauer. Tiefe Betroffenheit. Welch ein außergewöhnlicher Lehrer. Außergewöhnlich auch seine Schüler, die einen solchen Lehrer hatten, der solche Schüler unterrichtete, die diesen Lehrer erlebten, der von diesen Schülern lernte ... Huldigung auf Huldigung ... Lehrer huldigt Schülern huldigen Lehrer huldigen Eltern huldigen Kindern huldigen Eltern ... Und so weiter ... So oder so ähnlich wird ihre Ansprache ausgehen. Sie wird ausgehen mit dem unausgesprochenen Satz: *Wir haben die intelligentesten Kinder der Welt.* Damit werde ich hinabgelassen und mit Blumen überschüttet. Ich sehe noch die Gesichter einiger Schüler, die nach und nach über der Erde verschwinden. Für sie ist gesorgt. Es gab ja noch mein Testament, an das ich nun, je länger ich mit der Elternsprecherin sprach, wieder dachte: mein zensurisches Testament überragender Noten, die ich meinen Schülern hinterlassen würde – einfach so. Notengrüße eines verstorbenen Lehrers, deren Zahlenkraft weit in das Schuljahr hinein reichen würde, vielleicht sogar darüber hinaus, bis hin zum Abitur.

Für meine Schüler ist gesorgt. Fast hätte ich ihr das gesagt, doch sie hörte mir kaum zu, sprach unentwegt von ihrer Ansprache, die sie halten werde, ob ich nun will oder nicht. Erst spät abends hatte ich einige Stunden Ruhe, machte mir Gedanken über den bevorstehenden Fernsehauftritt. Ich gebe zu: Ich war beunruhigt. Ich spürte mein Herz – zum ersten Mal seit langem. Ich stand vor dem Schrank und betrachtete meine Jacketts. Ich betrachtete sie nicht nur mit meinen eigenen Augen, sondern auch mit den Augen der Moderatorin, mit den Augen von Sujata Dohnanyi. Nicht nur mit ihren Augen, sondern auch mit ihrem Lächeln – auf meinem Mund. Was sie wohl zu dem weinroten Jackett sagen würde? Oder zu der marineblauen Jacke? Manches Jackett hielt ich nicht nur neben mich, sondern auch neben sie. Ich schaute fern, spät nachts, nicht mehr länger zu meinem Vergnügen, sondern wie zur Strafe: Strafe eines überführten Fernsehschauers, der aus dem bequemen Hinterhalt des Fernsehsessels herausgerissen wird: hinein in die Welt des Fernsehens. In jedem Interview, das ich sah, sah ich mich nun selbst – mit wachsendem Schrecken. Mit dem Videorecorder zeichnete ich die nächste Sendung Sujata Dohnanyis auf. Ihr Gast: ein Kanureisender durch Deutschland. Ich beobachtete genau: Wo er saß, auf welcher Seite des Bildschirms, in welchem (Augen-)Winkel zu Sujata Dohnanyi, in welchem Winkel zu den Kameras ... Ich arrangierte in meinem Wohnzimmer zwei Sessel in der Art eines Fernsehstudios und fing an mich zu befragen. Ich hatte keine Ahnung, was ich mich hätte fragen können. Geschweige denn eine Ahnung, was mich Sujata Dohnanyi hätte fragen können. Einige Sätze sprach ich laut, alleine um meine Stimme zu üben. Ich bemühte mich um einen betonten, beflissenen, offiziellen und dennoch jovialen Klang. *Wissen Sie … Sehen Sie … Es ist doch so … So oder so …* Nur der Klang ist wichtig. Meine Stimme sollte ein vertrautes Geräusch sein: *Überdies … Überdas … Überdoch …* Ich sprach mit gelangweilten Gesten: *Aber ja …* Hörte mich mit den Ohren meines Fernsehsessels: *Ich Lehrer … Ich Pädagoge … Ich Mensch …* Verbrüderte mich mit meinen Worten, so gut es ging: *Menschenführer, Menschenskind, Menschenfreund …* Meine Schreibtischlampe war die Kamera. Ich sprach, ich versicherte, ich beschwichtigte … Ich sprach und sah, ich sah und sprach … Ich sprach nun direkt in die Kamera: *Wissen Sie … Das Fernsehen ist eine … Intensivstation, das Ringen um Masse und Leben, das verzweifelte Ankämpfen gegen den sicheren Tod endloser Abende. Die Sendungen gleichen metaphorischen Serien von Adrenalinspritzen, Reanimationen, Mund-zu-Mund-Beatmungen und Beruhigungsmitteln. Es handelt sich um ein medizinisches, ja intensivmedizinisches Unterfangen …* Kamera aus! *Ihr Rhythmus ist minutiöser als der von Herzschrittmachern. Jede Sendung beginnt auf die Minute, ja die Sekunde pünktlich, jahraus, jahrein. Kein Stillstand. Kein leeres Bild. Kein Sendeschluss – vielmehr ein ewiger Sendefluss, ein Fluss an Stimmen, Bildern und gefüllter Zeit, ein immer Weiter noch, weiter und weiter und weiter, ein ewiger Lebenstropf …* Kamera aus! *Die Arbeit der Fernsehmacher gleicht der von Ärzten, ja von Notärzten.* Kamera aus! Ende der Sendung! Ich stehe auf, verabschiede mich flüchtig, suche nach einem Ausgang, setze mich an den Schreibtisch, betrachte den großen Kalender an der Wand ... Wie leichtfertig von ihnen, mich zu einer Sendung einzuladen, ohne sicher sein zu können, dass ich mich am Donnerstagnachmittag tatsächlich um 17 Uhr bei den Fernsehstudios einfinde. Was wäre, wenn ich nicht kommen würde. Einfach so. Ohne jede Vorwarnung. Nur noch Minuten bis zum Beginn der Sendung. Sie warten. Sie warten weiter. Wo er nur bleibt? Corina Claassen – händeringend – am Eingang der Fernsehstudios; Sujata Dohnanyi in den Korridoren des Inneren. Sie braucht dringend einen Gast. Was ist ihre Sendung, ohne ihren täglichen Gast. Was könnte sie fragen, wenn nicht ihren Gast, was sagen, ohne ihren Gast. Wohin sollte sie lächeln, wenn nicht zu ihrem unschätzbaren Gast. Ihre Sendung würde unweigerlich in sich zusammenbrechen. Womöglich müsste man sie gar abbrechen. Exodus. Schluss, aus, vorbei. Ein starres Testbild. Trauermusik. Andere Fernsehkanäle schalten – aus reiner Sensationslust – auf dieses Gerippe von Bild. Es wirkt wie nach einem Bombenangriff. Vielleicht wird dies an manchen Orten zu tumultartigen Szenen führen. Plötzlich kommt Bewegung auf die leblosen Bildschirme. Man zeigt ein Foto von mir – gleich einem Fahndungsfoto – als dem Schuldigen dieses Notstandes. Sie zeigen mich in aller Öffentlichkeit wie einen Deserteur. Ein Fernsehdeserteur. Sucht ihn! Fasst ihn! Überstellt ihn! Welch grenzenloser Leichtsinn, nicht mein Leichtsinn, sondern ihr Leichtsinn, es überhaupt so weit kommen zu lassen. Warum treffen sie keine Vorsorge? Warum schicken sie keinen Wagen? Warum kasernieren sie mich nicht bereits Tage vor der Sendung in den Räumen des Senders, um erst gar kein Risiko einzugehen. Vertrauen ist gut, Kontrolle ist besser. Welch bodenloser Leichtsinn darauf zu vertrauen, dass ich in der Tat kommen werde. Selbst wenn ich mich ernsthaft bemühen würde zu kommen – was wäre, wenn ich nur im Stau stecken bliebe. Hat man daran schon einmal gedacht!? Ich wählte die Nummer der Zeitansage. Ich wollte nicht die Uhrzeit, sondern den Wochentag. Ich hatte ernsthafte Zweifel an der Richtigkeit des Wochentags. Ob heute bereits Donnerstag sei? Keine Antwort. Wer mir diese Auskunft erteilen könnte? Meine Bank erteilte mir diese Auskunft: Heute nicht Donnerstag, auch nicht Mittwoch, sondern Dienstag. Dienstagnachmittag. Einige Minuten lag ich erleichtert im Bett. Dann ging ich ins Bad und betrachtete mein Gesicht: ein Schreckbild. Selbst für einen Verstorbenen. Ich hustete. Ich sah mich mit den Augen x-beliebiger Fernsehschauer – und schaltete um, auf der Stelle. Weg mit diesem Gesicht! Instinktiv griff ich nach der Fernbedienung. So als wollte ich umschalten – und mit mir Tausende anderer Menschen, im selben Augenblick, in einem einzigen Atemzug. Fernbedienungen – die Fluchtgefährten unserer Zeit. Ich brauchte dringend Farbe. Kein Make-up, sondern wirkliche Farbe. Im Telefonbuch suchte ich nach den Adressen einiger Sonnenstudios. Entfernungen spielten keine Rolle. Ich bestellte ein Taxi, machte mich zurecht, wartete, ließ den Fahrer unten klingeln, huschte – so unsichtbar wie möglich – nach draußen, glitt in den Fond des Wagens, verbarg mich in einem scheichartigen Gewand, wollte keinesfalls entdeckt werden, schon gar nicht von Kollegen, Schülern oder Eltern, gab dem Fahrer die Adresse eines Sonnenstudios, das schon gar nicht mehr in unserer, sondern schon in einer anderen Stadt lag. Während der Fahrt meldete ich mich telefonisch im Studio an, flüsternd per Handy: gewissermaßen als Notfall. Man möge mir eine Kabine reservieren. Ich wollte ungestört sein. Ich bestellte eine Zehnerkarte, die ich ganz und gar aufbrauchen wollte, in einem einzigen Dauersonnenbad. Der Taxifahrer lächelte. Ich bezahlte ihn, stieg aus, huschte – wie ein Windstoß – als käme ich in ein verrufenes Bordell – in das Studio. Ohne mich irgendwo aufzuhalten eilte ich in die Kabine. All dies gleich einem Verdurstenden, der ich in der Tat war: nach Licht durstend. Ich schloss mich ein und lag – über eine Stunde – in einer Orgie von Sonnenbad: Sonnenmeer, Sonnenrausch, von mir aus Sonnenbrand. Gerne, nur zu gerne. Schicht für Schicht legten sich Andeutungen von Farbe über mich. Mehr als nur Andeutungen. Ich verließ das Studio ohne Eile, wie ein Mensch, schlenderte ein wenig durch die Stadt, gelangte zu einem Friseur, teils um mir die Haare schneiden zu lassen, teils um in den Spiegeln des Salons mein Gesicht zu studieren – besser, viel besser. Ich atmete erleichtert. Für einen kurzen Augenblick sah ich mich sogar mit den Augen von Sujata Dohnanyi. Sie blickte durchaus wohlwollend. Der

Friseur fragte mich, ob ich demnächst in den Urlaub gehe. Warum fragte er nicht, ob ich gerade aus dem Urlaub komme. Wie dem auch sei. Mein Gesicht hatte wieder Farbe. Es war, wenn schon nicht braun, so doch wenigstens rötlich. Wieder zu Hause fand ich im Briefkasten – neben einigen Beileidsschreiben – die Rechnung einer Zahnbehandlung. Welche Zahnbehandlung? Ich konnte mich an eine solche Behandlung nicht erinnern. Schon seit Jahren war ich nicht mehr beim Zahnarzt gewesen. Ich studierte die Rechnung. Sie war schon gar nicht mehr an mich, sondern an meine Erben gerichtet. So als läge ich längst begraben, ohne den Beweis meiner Unschuld antreten zu können. Der Beweis meiner braunen Zähne war jedoch deutlich zu sehen – zu meinem wachsenden Schrecken. Mit diesen Zähnen, erst jetzt sah ich es in aller Deutlichkeit, konnte ich nicht im Fernsehen auftreten. Vor dem Spiegel probierte ich Sprechbewegungen, die meine Zähne hinter hochgezogenen Lippen verbergen sollten. Ohne Erfolg. *Ein einzig schlechter Zahn ist der Ruin der schönsten Worte.* Oscar Wilde sagte dies. Er hatte tiefblaue Schneidezähne. Weit schlimmer als meine eigenen Schneidezähne. Wahre Wortruinen. Er sprach seine Bonmots hinter vorgehaltener Hand, hielt sie einige Zentimeter vor seinen Mund, so als wollte er gähnen oder seinem Publikum zuwinken. In dieser Art sprach ich nun vor dem Spiegel, teils gähnend, teils winkend: *Wissen Sie ... Sehen Sie ... Es ist doch so ... So oder so ...* Mit hochgezogenen Lippen: *Überdies ... Überdas ... Überdoch ...* Dann wählte ich die Nummer des Zahnarztes. Ich bat um einen schnellstmöglichen Termin. Ich brauchte eine Zahnreinigung. Dringend. Womöglich müsse man mir gar einen Zahn ziehen. Die Sprechstundenhilfe horchte auf. Ob ich Schmerzen hätte? Nein, keine Schmerzen – aber einen Fernsehauftritt. Ich nannte ihr meinen Namen, erwähnte auch die unbegreifliche Rechnung, die mir geschickt worden war … Nein, ich war nicht tot …, sondern am Leben … Am Leben … Es handle sich um ein Missverständnis … »Ich habe diesen Donnerstag einen Fernsehauftritt.« Ich gab ihr mein Geburtsdatum und meine Versicherungsnummer … Hören Sie … Sie hörte … Sie wurde verlegen … Sie stammelte Worte der Erleichterung … Sie freute sich … Ehrlich … Sie beglückwünschte mich … Sie gab mir für denselben Nachmittag einen Termin … Sie empfing mich persönlich an der Tür, grüßte lautstark, als wäre ich taub, half mir eigens aus dem Mantel, entschuldigte sich, führte mich an dem Wartezimmer vorbei direkt zum Behandlungsstuhl … Der Zahnarzt kam. Er hatte nur Augen für meine Zähne. Für nichts sonst. Ob nun tot oder lebendig, es ging ausschließlich um die Zähne. Er grüßte nur flüchtig. Sogleich fing er an zu bohren, zu spritzen, zu hämmern, zu schleifen, zu schimpfen: über meine mangelnde Zahnpflege. »Heijeijei.« Warum ich erst jetzt käme? Ich erwähnte den bevorstehenden Fernsehauftritt, woraufhin er murmelte: »Auch das noch.« Er gab sich alle Mühe, behandelte mich mehr als zwei Sunden, reichte mir am Ende einen Spiegel, in dem meine Zähne strahlten wie nie zuvor, gab mir weitere Termine, denen ich niemals nachkommen würde, mahnte mich zu mehr Zahnpflege und Zahnseide, ließ ein Taxi bestellen, das mich nach Hause brachte. Ich ging sofort zu Bett. Ich war zu keiner Regung mehr fähig. Mein Mund lag betäubt auf einem Kissen. Ich lag kalt, ersteift und schwer, wie verglast, ein Starrbild hinter Glas, erlebte nun – zum ersten Mal seit Tagen – die Konsequenzen des Todes, seine Starrheiten und Kälte. Erlebte – was für ein Wort. Was für ein Wort: ERLEBTE. Ich klammerte mich an dieses Wort. Noch morgen würde ich das Beerdigungsunternehmen – irgendwie – anrufen und absagen. Keine weiteren Kostenvoranschläge! Weder Feuer- noch Erdbestattung! Beides kommt nicht in Frage. Ich vergegenwärtigte mir das Bild der Erdbestattung. Ich werde in einen Sarg gelegt. Der Sarg wird zugeschraubt. Ich bin eingesperrt. Meine Zeichen bleiben ungehört. Ich werde übertönt – durch das Gespiele eines Posaunenchors. Ich höre Schritte, betretene Schritte, dann Schweigen. Der Sarg hebt sich in die Luft. Ich suche Halt. Sehe noch einige Ritzen Licht. Dann werde ich hinabgelassen … Ich liege in aller Kälte, ohne irgendeine Wärme, Anfang Oktober, bei Wind und Wetter, unter Tonnen schwerster kalter Erde, dunkler und enger noch als ein Astronaut in einer verlorenen Kapsel. Morgen würde ich anrufen. Keine weiteren Bestattungsvorbereitungen! Mir ging es wieder besser. Meine Angst war keine reine Todesangst, sondern, ich spürte es immer deutlicher, Fernsehangst – Angst vor dem Fernsehauftritt. Wer hätte davor keine Angst.

Nicht wenige Menschen haben hier Todesangst. Ich konnte bereits meine Zehen wieder bewegen. Ich hatte Magenschmerzen – ein gutes Zeichen. Später stand ich im Bad und betrachtete im Spiegel meine Zähne. Sie waren so schön wie noch nie. Langsam kleidete ich mich an. Dies ging mehr als eine Stunde. Dann setzte ich mich, korrigierte die Aufsätze zu Ende. Ich machte Sprechübungen: Ich fragte mich, ich antwortete für mich. Ich fragte weiter, ich antwortete weiter. Ich machte Sitzübungen, später Laufübungen. Meine Hände zeigten Anzeichen von Wärme. Ich hob die Schulaufsätze in die Höhe. Ich sah sie mit den Augen meiner wartenden Schüler – ein Volksfest sich überschlagender Glanznoten. Und auf dem Schreibtisch lag das rote Notenbuch mit den Zwischennoten. Ich kannte kaum eine Note irgendeines Schülers ohne eine Eins vor dem Komma. So weit, so gut. Ich durchlief die Wohnung und überprüfte alle möglichen Schalter, besonders die des Herdes, ob diese ausgeschaltet waren. Ich programmierte den Videorecorder, um die Sendung aufzuzeichnen. Schließlich nahm ich den Hörer ab und rief das Taxi. Ich erwartete es stehend vor dem Haus. Der Fahrer stieg aus und geleitete mich zur Wagentür. Ich setzte mich in den Fond, gab ihm die Adresse des Senders. Er sagte nichts, doch ich glaube, er blickte anerkennend. Jedenfalls beobachtete er mich durch den Rückspiegel. Nach einiger Zeit fragte er mich: »Arbeiten Sie fürs Fernsehen?« »Nein«, antwortete ich, »ich komme ins Fernsehen.« Ich glaube er sagte so etwas wie »Aha.« Für einige Zeit saßen wir schweigend. Dann fragte er mich: »Lampenfieber?« Ich verstand nicht. »Haben Sie Lampenfieber?« Ich? – Lampenfieber? Was für ein Wort. Ich saß völlig ausgekühlt. Ich hatte alles, nur kein Lampenfieber. Warum sagte er Lampenfieber, und nicht Lampenkälte – ich saß steif vor Kälte. Warum sagte er nicht Lampenangst. Die Engländer sagen Bühnenangst. Ich bat ihn, die Heizung des Wagens aufzudrehen. Ich versuchte mein Blut in Bewegung zu halten. Wollte jede weitere Auskühlung vermeiden. Dachte mit Schrecken an den bevorstehenden Händedruck mit Corina Claassen – und erst recht mit Sujata Dohnanyi. Meine Hand war wieder kalt, besonders die rechte. Sie glich einem gefrorenen Fisch. Ich konnte meine Finger kaum bewegen. Ob es möglich wäre Sujata Dohnanyi mit meiner linken Hand zu begrüßen? So fuhren wir dahin, der Fahrer auf der Überholspur der Autobahn, ich hinten in ungelenken Fingerübungen. Schon auf der Autobahn stand ein erstes Schild mit dem Namen und den Farben des Senders. Es zeigte auf eine Abfahrt, in die wir einbogen. Wir fuhren durch die Stadt. Jede rote Ampel betrachtete ich als Aufschub. Am Ende einer langen Allee setzte mich der Fahrer ab. Die Schilder des Senders standen unübersehbar. Daneben standen andere Schilder: *Stopp. Wendeplatte. Vorsicht Schranke. Nur für Bedienstete. Fußgänger frei.* Als näherten wir uns einer Staatsgrenze. Der Fahrer hielt in gebührendem Abstand. Ich bezahlte. Er öffnete mir die Tür und wünschte alles Gute. Er verabschiedete sich mit den Worten toi, toi, toi ... und fuhr davon. Für einen

Moment stand ich unschlüssig. Dann folgte ich dem Unterschild *Fernsehstudios*, gelangte auf einen Weg, der durch ein parkähnliches Areal führte – sehr angenehm und schön. Ich war ruhig, atmete das letzte Grün hochgewachsener Bäume, fühlte mich in der Tat wie in einem altehrwürdigen Park. Ich schaute mich immer offener um, spürte die Präsenz vereinzelter Gebäude, die hinter dichtem Buschwerk standen. Durch Baumkronen hindurch sah ich Antennen – eine ganze Ansammlung von Antennen auf einem hohen Dach. Je mehr ich mich umschaute, umso mehr Gebäude entdeckte ich: manche alt, Villen aus dem 19. Jahrhundert, andere neu. Über dem ganzen Areal lag ein summender Dauerton. Kaum hörbar, aber über allem präsent. Bei aller Zurückhaltung der einzelnen Gebäude, die man nur nach und nach erahnte – jedes von ihnen strahlte Bedeutsames, war von summender Eindringlichkeit. Sendung auf Sendung strahlt von hier aus unsichtbar in die Welt, Tag für Tag, Nacht für Nacht. Ansonsten herrschte Stille. Nicht die geringsten Anzeichen von Anspannung oder Nervosität. Auch nicht bei den Spaziergängern auf den weit verzweigten Spazierwegen. Es herrschte friedliche Stille. Wenn nicht gar Ahnungslosigkeit: ein zeitungslesender Mann auf einer Bank; eine Frau mit ihrem Hund. Als hätten sie keine Ahnung, was hier geschieht. Es dauerte einige Zeit, bis ich den Eingang der Fernsehstudios überhaupt fand. Ein Weg führte wieder zurück auf die Straße; ein anderer um das Gebäude herum in einen Hinterhof; ein weiterer in ein gänzlich anderes Gebäude ... Erst nach einigem Hin und Her gelangte ich an einen Pförtner, der mich freundlich grüßte. Er wollte mich gar nicht mehr gehen lassen. Auf einer Liste fand er meinen Namen und wies mir einen Sessel zu. Per Telefon meldete er meine Ankunft ins Innerste des Sendegebäudes. Er bot mir eine Zigarette an. Frau Claassen sei auf dem Weg. Ein Weg, so der Pförtner, über einige Stockwerke hinweg, jedes Stockwerk eine eigene Welt. Ihr Weg führe von unten nach oben. Das Haus sei ein umgekehrtes Hochhaus. Ein in die Erde vorstoßendes Hochhaus. Die obersten Stockwerke liegen ganz unten, die untersten Stockwerke ganz oben. Das Gebäude ist ein in die Erde wachsender Organismus. Immer weitere, immer tiefere Stockwerke waren mit den Jahren dazugekommen ... Er lächelte, telefonierte erneut. Frau Claassen sei unterwegs. Er bot mir eine zweite Zigarette an, sprach von einem ganzen Bergwerk von Stockwerken, Stockwerk unter Stockwerk, immer tiefer und tiefer gehend. Im allertiefsten Inneren des Hauses befinden sich die Studios, auch das Studio meiner Sendung, mehr als 50 Meter unter der Erde. Schalldicht. Erdbebensicher. Modernste Technik. Er telefonierte ein drittes Mal. Corina Claassen kam um die Ecke. Sie begrüßte mich wie einen alten Bekannten. Andeutung einer Umarmung. Kein Händedruck – ein Glück. Vielmehr streckte sie ihre Arme gegen die Decke, so als nützte sie das oberste Stockwerk, um sich zu dehnen. Sie war viel jünger als ich erwartet hatte. Vielleicht 25 Jahre alt. Wir liefen den Korridor entlang. Sie lief voraus, ich folgte ihr, in eine Cafeteria. »Setzen

Sie sich.« Ich setzte mich. »Kaffee? Tee? Cola?« Ich war unschlüssig. Sie las mir die Speisekarte vor: »Bier? Wein? Sekt? Cognac? Wodka? Whisky?« Ich schreckte auf: Keinen Alkohol! Bitte keinen Alkohol! Ich dachte an meine Blutleere. Sie bestellte eine Kanne Kaffee. Für einige Zeit saßen wir schweigend. Ich schielte auf die Uhr. Nur noch eine Stunde bis zur Sendung, und wir tranken Kaffee. Ich hatte mit fieberhaften Vorbereitungen und Aktivitäten gerechnet: Besprechungen, Proben, Anweisungen, Ermahnungen ... Doch nichts von dem. In größter Ruhe saßen wir und tranken Kaffee. Wir sprachen nicht einmal über die bevorstehende Sendung. Vielmehr lenkte sie das Gespräch auf mich: Wie es mir gehe? Ob ich gut geschlafen habe? Ob meine Schüler alle vor dem Fernseher sitzen, in Erwartung meines Auftritts? Mit Schrecken sah ich diese Möglichkeit vor Augen. Alles was Corina Claassen sagte und tat, war darauf aus, mich zu beruhigen. Sie war in der Tat noch jung, kaum älter als manche meiner Schülerinnen. Ich schaute auf die Uhr. Sie schaute ebenfalls auf die Uhr und sagte: »Wir haben noch Zeit.« Sie durchblätterte einige Unterlagen (Blätter voller Zahlen, Kürzel und Pfeile), offensichtlich Unterlagen über mich. Sie fragte: »Sie haben Schauspielerfahrung?« Ich? Schauspielerfahrung? Ich verneinte vehement. Sie fragte weiter: »Sie leiten eine Theatergruppe?« Ich antwortete: All dies sei ein Missverständnis, ein Gerücht, eine Übertreibung ... Ich leite nicht, ich beaufsichtige ... Sie schien mir nicht zu glauben, behandelte mich allen Ernstes wie einen rampenerfahrenen Fachmann. Als wäre ich die Ruhe selbst, ohne die geringsten Anzeichen von Lampenfieber. Ich versuchte das Thema zu wechseln, schaute auf die Uhr, erwähnte die vielen, immer tiefer in die Erde gehenden Stockwerke – ob wir uns nicht demnächst auf den Weg machen müssten? Sie antwortete: All das sei kaum der Aufregung wert. Fernsehen sei nur selten aufregend; vielmehr von Grund auf langweilig. Sie sprach von Bagatellfernsehen. Die bevorstehende Sendung nannte sie eine Bagatellsendung. Kaum anders als eine Bagatelloperation. Die Sendung lief bereits. Sie lief schon seit einigen Minuten, auf den Monitoren in der Cafeteria war es zu sehen, und hier saßen wir, kaffeetrinkend, als hätten wir mit dieser Sendung gar nichts zu tun. Wie stellte sie sich das vor. Wir laufen nach unten, im allerletzten Moment, Sujata Dohnanyi spricht Nachrichten, und ich werde aus dem Nichts in das Studio, an ihre Seite geschoben: *Da ist er! Fragen Sie ihn. Schaut ihn an. Er hat Bühnenerfahrung.* Ohne jede Vorbereitung. Ohne irgendeine Kenntnis der Räumlichkeiten zu haben. Ohne zu wissen in welche Kamera ich schauen soll. Ohne eine einzige Probe. Nicht einmal ein Vorgespräch! Was ist, wenn ich beim Eintreten ins Studio über ein Kabel stolpere – Live! Ob ich nervös sei? Wie bitte? Ob ich nervös sei? – hörte ich Corina Claassen fragen. Nervös? Ich – nervös? Ich hatte Angst. Panikhafte Angst. Ich räumte dies offen ein. Ich war kurz davor aufzuspringen und wollte ihr zurufen: Bitte lassen Sie mich gehen! Verzichten Sie auf das Interview. Nur heute. Sicher haben Sie Bänder mit den Aufzeichnungen anderer, viel interessanterer Interviews. Ich bin der falsche Mann! Mir geht es nicht gut! Ich war lange Zeit krank! Ich weiß kaum etwas zu sagen. Ich bin nicht der, für den Sie mich halten. Nie in meinem Leben bin ich auf einer Bühne gewesen! Ich gebe es ehrlich zu. Ich habe gar keine Neigung zum Theater. Ich verbringe meine Abende meist vor dem Fernseher. Ich habe Sie angelogen. Ich habe einen Fernseher. Natürlich kenne ich Ihre Sendung. Ich habe sie unzählige Male gesehen. Ich habe mich gaffend daran vergangen. Ich räume dies offen ein. Ich sitze auf der Seite gaffenden Hinterhalts – im Hinterhalt gähnender Gedanken, die gelangweilt zustimmen oder abwinken – oder weiterschalten. Die Gesichter des Fernsehens im nackten Scheinwerferlicht, ich im Schutze der violetten Abenddämmerung. Ich bin ein Augenvampir. Ich sauge die Gesichter des Fernsehens aus bis aufs Blut. Ich sitze wohlbemäntelt in aller Behaglichkeit und lebe starrblickend von anderer Leute Arbeit. Ich hatte ja keine Ahnung von diesem Lampenfieber. Während andere Menschen vor Lampenfieber sterben, wiege ich mich zu Hause in den Schlaf. Ich räume dies offen ein. Bitte lasst mich gehen! Ich werde noch morgen meinen Fernseher abgeben. Ich werde ihn zertrümmern! Seine Röhre zertreten. Nie wieder in meinem Leben werde ich auch nur einen Blick auf einen Fernseher werfen! Ich verspreche Ihnen das! Corina Claassen saß mir beschwichtigend gegenüber. Sie versuchte mich abzulenken. Sie erklärte mir, warum es ratsam sei, erst im letzten Moment mit einem

Gast an den Ort der Sendung zu kommen. Sie bestellte ein Glas Cognac. Es wurde sogleich gebracht. Sie stellte es neben meine Kaffeetasse. Sie lenkte das Gespräch auf neue Themen: meine Stadt, in der sie studiert hatte, meine Straße, meine Wohnung ... Einen Augenblick lang betrachtete sie ihre Unterlagen, dann war sie wieder bei mir. Ich leerte mein Glas. Sie bestellte ein weiteres, ob nun für mich oder für sich selbst? »Wer weiß«, antwortete sie, als ich sie das fragte. Sie war noch so jung, in der Tat kaum älter als manche meiner Schülerinnen. Ich fragte sie nach ihrer Schulzeit. Sie nannte diese Zeit eine »schreckliche Zeit«. Ich konnte ihr kaum widersprechen. Sie sagte: »Ich kann mich an fast nichts mehr erinnern. Ich habe alles vergessen.« Ich antwortete: Sie sei doch noch so jung. Woraufhin sie lächelte. Ich trank mein zweites Glas. Dann blickte sie auf die Uhr, stand auf, führte mich aus der Cafeteria hinaus, einen Korridor entlang. Ohne jede Aufregung oder Eile. Wir kamen zu einem Aufzug, der uns nach unten brachte. Als die Tür des Aufzugs sich öffnete, nahm uns eine Frau in Empfang. Sie trug einen weißen Kittel und führte mich in die Maske. Ich wurde auf eine hydraulische Sitzkonstruktion gesetzt – mehr gelegt als einfach nur gesetzt. »Entspannen Sie sich.« Sie befestigte einen Umhang um meinen Hals und puderte und betupfte mein Gesicht. Ich war in Sorge, sie könnte meine kalte Haut bemerken ... Sie bemerkte es nicht. Unter dem Schutz des Umhangs befühlte ich meine Hände. Meine rechte Hand war immer noch viel kälter als die linke Hand. Mit der größten Selbstverständlichkeit würde ich Sujata Dohnanyi zur Begrüßung die linke Hand reichen, als wäre die linke Hand die rechte Hand und nie etwas anderes gewesen: *Hallo. Guten Tag. Wie geht es Ihnen?* Vielleicht würde sie es gar nicht merken. Oder verwirrt lächeln. Oder an ihren Sinnen zweifeln. Jedenfalls übte ich mit meiner linken Hand unsere Begrüßung ... »Entspannen Sie sich.« Die Frau in der Maske betupfte meine Nase, meine Stirn, meinen Hals ... Ich fragte sie nach der Uhrzeit. »Denken Sie nicht an die Uhrzeit. Entspannen Sie sich. Öffnen Sie bitte Ihren Mund.« Ich öffnete meinen Mund. Sie leuchtete mit einer Lampe über meine Zähne. »Sie haben ungewöhnlich schöne Zähne.« Mein Mund lag offen unter ihr. Sie hantierte mit einem Spray – wie es Asthmatiker bei einem Anfall verwenden. Sie sprühte davon in meinen Mund. »Bitte einatmen ...« Ich ... »Und wieder ausatmen ... Und einatmen ... Und wieder ausatmen ...« Später hörte ich sie fragen: »Liegen Sie gut?« Ich weiß nicht, ob sie tatsächlich eine Decke über mich gelegt hatte, ob ich tatsächlich für einige Zeit gelegen und geschlafen hatte? Ich glaube ja. Alles was folgt, erlebte ich liegend. Die Tür ging auf. Ich wurde nach draußen bewegt. Wie auf Rollen. Auf dem Korridor wurde ich in Empfang genommen. Ich sah die Deckenbeleuchtung über mich hinwegziehen. Zahlreiche Gestalten flankierten mich, von links, von rechts. Andere kamen uns entgegen. Automatische Türen öffneten sich. Ohne Zweifel, ich lief. Ich lief aus eigener Kraft. Ich lief ruhigen Schrittes, und doch war es mir, als würde ich dabei liegen, auf Rollen geschoben, in einem Krankenhaus, auf dem Weg zu einer Operation. Das helle Licht des Studios kam uns näher. Sujata Dohnanyi stand neben einer Tür. Sie rauchte eine Zigarette. Jemand bepuderte von der Seite ihr Gesicht. Ihre Augen blinzelten ausweichend zur Decke. Zur Decke blies sie auch den Rauch ihrer Zigarette. Wohin sonst hätte sie den Rauch blasen sollen, wenn nicht gegen die Decke, stand sie doch, von allen Seiten umgeben, mittendrin in andauernden Betätigungen an ihrem Gesicht, an ihrem Haar, an ihrem Kleid. All dies in stehender Beiläufigkeit, auf dem Gang, in einer kurzen Pause, zwischen der Ansage eines kleinen Films und dem Interview mit mir. Jemand reichte ihr einen Aschenbecher. Sie drückte die Zigarette darin aus. An ihrer Seite sprach eine ständige Stimme: *Hören Sie … Verstehen Sie … Machen Sie …* Sie nickte. *Verstehen Sie.* Sie nickte. Dann sagte sie: »Bitte noch eine Zigarette.« Man reichte ihr eine brennende Zigarette. Nach jedem Zug wurden ihre Lippen betupft. Um für alle Seiten besser zugänglich zu sein, machte sie sich ein wenig kleiner als sie war. Für einen Augenblick sah ich den Anflug ihres Lächelns. So stand sie vor mir: im Zentrum fieberhafter Aktivitäten; in freundlicher Hingabe an all die Berührungen; wie eine Statue in den letzten Vorbereitungen ihrer feierlichen Eröffnung. Sie begrüßte mich aus dem Augenwinkel. »Hallo.« Blies meinen Namen mit dem Rauch ihrer Zigarette in die Luft und reichte sie dann nach hinten. Eine letzte Hand korrigierte noch einmal ihr Haar. Dann war sie an meiner Seite. Sie fragte mich:

Wie es mir gehe? Ob ich gut hier her gefunden habe? Wie das Wetter sei? »Was wissen wir hier unten vom Wetter«, sagte sie, und führte mich ins Studio, an Kameras vorbei zu zwei Sesseln auf einer kahlen Fläche. »Setzen Sie sich doch«, sagte sie. Ich setzte mich. »Möchten Sie etwas trinken?« Sie bereitete mir ein Glas Sprudel und stellte es auf einen kleinen Tisch. Dann setzte sie sich auf ihren Sessel. Jemand betätigte sich an meinem Jackett, steckte mir ein Mikrophon ins Knopfloch. Über Lautsprecher hörte ich eine umfassende Stimme: »Sprechen Sie.« Ich zählte bis fünf. Die Lautsprecherstimme rief: »Sie werden jetzt eingeleuchtet.« Ich wurde eingeleuchtet. Sollte mich bitte aufrecht setzen: Kopf nach links; Kopf nach oben ... »Gut, sehr gut.« Dann zogen sich die Techniker zurück. Sie verließen uns bedächtigen Schrittes. Als würden sie uns in einem eigenen Raum zurücklassen. Als würden sie von außen eine schwere Türe schließen. Einer schien sich gar zu verabschieden. Alles um uns herum versank in schemenhaftes Dunkel. Die Kameras waren nur noch Andeutungen. So saßen wir uns gegenüber, Sujata Dohnanyi und ich, verdrahtet, verkabelt, eingeleuchtet, in Scheinwerferlicht fixiert. Wir saßen in aller Abgeschiedenheit, wie in einem entlegenen Zimmer, bei einem verlegenen Rendezvous, hell erleuchtet. Sie saß mit angezogenen Beinen ... Ich saß mit angezogenen Beinen ... Zwischen unseren Knien lagen nur noch Zentimeter. An der Wand hing eine Uhr. Die Minuten und Sekunden bis zum Beginn des Interviews waren rot erleuchtet. Sie studierte und ordnete einige

Blätter, die auf ihrem Schoß lagen. Sie fragte mich: »Sie unterrichten Deutsch ...?« »Ja«, antwortete ich, »Deutsch und Religion ...« Sie machte sich eine Notiz: »Religion ...« Ich nickte: »Ja, Religion ...« Was sonst hätte ich sagen sollen ... Ihre nächste Frage: »Sie haben ein Buch geschrieben?« »Ja«, antwortete ich, »ein Buch. *Interpretationshilfen.*« Ich konnte ihrer Präsenz kaum standhalten ... Ich schaute an ihr vorbei ... Ich schaute demonstrativ in eine Kamera. Möglicherweise war dies sogar erwünscht und richtig. Also sagte ich: »Ich schaue in die Kamera. Das ist doch richtig? Oder?« Sie antwortete: »Sie müssen nicht unbedingt in die Kamera schauen.« Nein? »Nein, das müssen Sie nicht. Schauen Sie einfach zu mir.« Zu ihr ... Ihr enger Rock bedeckte nicht einmal ihre Knie. Wie ich auch blickte und schaute, ich sah ihre Knie. Um irgendetwas sagen zu können, fragte ich sie – die rot erleuchtete Uhr deutlich im Auge –, fragte ich sie, in wahllosen Sprüngen wachsender Beklemmung: Wie viel Zeit wir noch hatten? Ob ich richtig sitze? Wie viele Zuschauer uns nachher sehen würden? – die Zahl verschlug mir den Atem. Ich sprach nun kreuz und quer, in Panik: Ob meine Stimme in Ordnung sei? Ob das Studio wirklich erdbebensicher sei? Ob ich zu steif wirke? Ob ich schneller sprechen soll? Oder langsamer? Ob ich zu laut sei? Oder zu leise? Sie antwortete jedes Mal: »Sie machen das gut ...« Was ist, wenn ich aufs Klo muss? Sie antwortete: »Sie müssen nicht aufs Klo.« Ich musste wirklich aufs Klo. »Sie müssen nicht aufs Klo.« Ich könnte in aller Eile eine Toilette aufsuchen ... Sie legte ihre Hand auf mein Knie: »Bitte bleiben Sie sitzen.« Meine Abwesenheit würde kaum einen Unterschied machen … Ich bin … gar nicht wirklich hier … Nicht wirklich … »Bleiben Sie sitzen.« Ich bin nicht Ich … Nur noch ein Schatten … Gar nicht mehr unter den Lebenden … Sie umfasste meine Hand. »Bleiben Sie ruhig. Atmen Sie.« Ich atmete tief. Sie hielt meine Hand. Ihre Hand war so kalt wie meine … Dabei blickte sie mich an – kein leerer oder nervöser, sondern ein haltender Blick. Als wollte sie mich kraft ihrer Augen bei sich halten, sollte ich ernsthaft davonlaufen wollen. Mit kleinen Fragen und Worten brachte sie uns in ein Gespräch. Sie fragte, ich antwortete, sie fragte weiter … *Meine Lippen bewegen sich. Nur das ist wichtig.* In dieser Weise bewegten sich ihre Lippen. Ich atmete ruhiger. Dann sagte sie: »Ich habe vorher einen falschen Film angesagt. Einen Film über den Schwarzwald. Stattdessen läuft nun ein anderer Film …« Sie deutete auf einen Monitor. »Ich weiß nicht einmal welcher Film es ist. Es ist einerlei. Verstehen Sie. Alles, was hier gesagt und gesendet wird, ist einerlei. Solange es nur weitergeht … Nur das ist wichtig. Der Rest wird sich versenden …« Wie aus echtem Interesse fragte sie mich plötzlich: Was für ein Lehrer ich sei? Ob streng, schnell verärgert oder großzügig galant? Ich antwortete zögernd: Ich sei nach allen Kräften großzügig galant. Sie lächelte, ohne jeden Spott. Niemals sah ich derartige … Schönheit, so unausweichbar nah …, mir gegenüber …, in unüberbietbarer Wirklichkeit …, mit solcher Freundlichkeit … – als wäre dies kaum der Rede wert. Ich verstand nun die buchstäbliche Bedeutung des Wortes Inter*view*: inmitten zwischenseitiger Blicke. So saßen wir uns gegenüber. Ich fragte sie, was sie mich in dem Interview fragen werde. Ihre Antwort: »Ich weiß es nicht … Lassen wir uns überraschen …« Übergangslos blickte sie in die Kamera: Sie grüßte … Sie lächelte … Die Sendung begann und sie stellte mich in den wohlwollensten Formulierungen vor … Sie fragte mich … Ich antwortete … Ihre erste Frage lautete: Was ich unterrichte? »Deutsch und Religion.« Sie wollte mir den Anfang des Interviews so leicht wie möglich machen. Ihre nächste Frage: Der Titel des Buches, das ich geschrieben habe? »*Interpretationshilfen*. Das Buch hat 80 Seiten.« Dann fragte sie mich: Wie ich das neue Abitur sehe? »Das neue Abitur?« Ich antwortete, ohne zu wissen, was ich antworten sollte oder antworten könnte, ich antwortete: »Es ist noch schrecklicher als das alte Abitur …« Sie nickte mir zu. Also sprach ich weiter: »Es ist ein Angstabitur … Meine Schüler leiden Todesangst …« Eine Pause entstand, und ich fügte hinzu: »Meine Schüler sind meine Schüler …« Pause. »Sie sind Angstlernende …« Pause. »Sie lernen aus reiner Angst … Ich kann sie kaum beruhigen …« Pause. »Ich versuche sie mit Worten zu beruhigen, vergeblich, und mit Noten …« Pause. »Kennen Sie den Frieden eines Schülers zwischen zwei besonders guten Noten?« Pause. »Haben Sie die Ruhe erlebt, mit der sich Schüler in Bücher vertiefen können, nach einer ermutigenden Note …« Sie nickte, und ich antwortete weiter: »Ich vergebe meine Noten nicht am Ende, sondern zu

Beginn eines Schuljahres … Sie wissen, was das heißt?« Ich glaube, sie wusste es. »Zu Beginn des Schuljahres nehme ich die Notenwünsche meiner Schüler schriftlich auf … Zum Schuljahresende schreibe ich sie in ihre Zeugnisse …« Ich zog mein Notenbuch aus meiner Tasche. »Zwei Arten von Notenwünschen gibt es: Ausgleichsnoten und Glanznoten. Ich vergebe beide Noten … « Ich blickte in die Kamera, wie zum Gruß. »Den Rest des Jahres sitzen wir friedlich im Klassenzimmer …« Pause. »Ich wollte meine Schüler nicht mehr länger in Angst und Schrecken zensieren …« Pause. »An manchen Tagen schicke ich sie nach Hause. Oder ins Schwimmbad.« Pause. »Ich gebe auch keine Hausaufgaben auf.« Pause. »Die Schulglocke über meinem Klassenzimmer habe ich abgestellt.« Pause. »Grüne Tinte. Ich korrigiere meine Klassenarbeiten mit grüner Tinte. Ich unterstreiche genau das, was mir besonders gut gefällt, und es gefällt mir, je häufiger ich Klassenarbeiten mit grüner Tinte untermale, immer mehr.« Pause. Ich weiß selbst nicht genau, ob ich dies alles sagte. Ich glaube ich zitierte aus der Bibel: *Mit welchem Maß ihr messt, mit dem wird euch gemessen werden.* Ob ich tatsächlich sagte, was ich dachte, oder nur dachte, was ich nicht sagte – oder ganz anders sagte. Vieles sagte ich nur, um Sujata Dohnanyi zu gefallen. Ihre Lippen bewegten sich, nur das war wichtig … Einmal glaubte ich ihr Ohr zittern zu sehen. Sie fragte und ich antwortete: »Es gibt Schulstunden, die besser nicht erteilt worden wären.« Ich nannte meine eigenen Schulstunden. »Fragen Sie meine Schüler.« Und sie lächelte. »Nicht für das Leben, sondern für die Schule lernen wir. Der Satz wurde erst in neuester Zeit auf den Kopf gestellt.« Und: »Vor jeder Unterrichtsstunde teile ich meinen Schülern Hupen aus. Jeder, der etwas nicht versteht, soll bitte hupen ... Manchmal hupt die ganze Klasse. Andere Lehrer in anderen Klassen fühlen sich durch das Gehupe oft gestört ... Besonders Kollege Prange ...« Hinter den Kameras spürte ich eine gewisse Unruhe. Ich sprach nun von meinem zensurischen Testament: »Für meine Schüler ist gesorgt ... Die Aufsätze sind korrigiert ... Mündliche Noten sind niedergeschrieben ... Alle Noten sind auf dem Weg ins Sekretariat ... Sie gehen bis zum Halbjahr ... Sie reichen sogar ins nächste Halbjahr hinein ... Vielleicht sogar noch darüber hinaus, bis ins nächste Schuljahr ...« Armer Jürgen Prange. Ich sah ihn deutlich vor mir. Ich grüßte ihn in die Kamera. Seine Autorität verlor immer mehr an Wirkung. Und ich fügte hinzu: »Niemand in meinen Klassen wird zugrunde gehen ...« Pause. »Niemand.« Pause. »Jeder Schüler hat ein Recht ... Ein Recht auf Erfolg.« Pause. »Nicht nur ein Recht auf Achtung, sondern ein Recht ... auf Erfolg.« Pause. »Mein eigenes Leben verdankt sich dieser Rücksicht ...« Ich korrigierte mich: »Jeder Mensch hat, wenn er das will oder er nicht anders kann, auch das Recht auf Misserfolg, ein Recht zu scheitern.« Pause. »Warum sollte ich einen solchen Menschen dafür bestrafen.« Pause. »Warum sollte ich irgendjemanden für sein Scheitern auch noch bestrafen.« Pause. »Jeder Mensch möge darin bewahrt werden, was er ist, was er sein möchte oder sein muss ...« Pause. »Jeder möge auch darin bewahrt werden, was er nicht ist, was er nicht sein möchte oder nicht sein muss.« Ich grüßte die Schulleiterin in die Kamera. Wie zu meiner Rechtfertigung sagte ich: »Ich wollte den Schülern keine unnötigen Schmerzen bereiten ...« Pause. »Ich wollte ihnen auch keine notwendigen Schmerzen bereiten ...« Ich fragte sie direkt in die Kamera: »Was überhaupt ist ein notwendiger Schmerz? Sagen Sie es mir!?« Lange Pause. Sujata Dohnanyi räusperte sich und fragte mich, ob es ein Gedicht gibt, das ich liebe oder auswendig kenne, und ich antwortete: *Ich antworte euch auf keine Frage. Ich frage euch um keine Antwort.«* Sie schaute mich fragend an und ich sagte: »Dies ist ein Gedicht.« Sie lächelte. Ihr Lächeln brach aus ihrem Mund, aus ihren Augen, aus ihren Händen ... Als sie mich weiterfragte, duzte sie mich. Plötzlich duzte sie mich. Als säßen wir bereits seit Stunden oder Tagen in einem eigenen Gespräch. Sie fragte, ich antwortete ... Sie stellte mir wunderbare Fragen: Meine schönste Unterrichtsstunde? Das schönste, was mir je ein Schüler gesagt habe? Warum ich Lehrer geworden sei? Und ich war in Versuchung zu antworten: »Weil ich hoffte, einmal noch einer Schülerin zu begegnen wie Melanie ... Meiner ersten und einzigen Schulfreundin ...« Vielleicht hätte Sujata daraufhin gefragt: Ob ich einer solchen Schülerin irgendwann begegnet sei? Und ich hätte geantwortet: »Ja, viel zu oft.« Sie fragte, ich antwortete, ich antwortete, sie fragte. Oder ich fragte und sie antwortete. Ihre Lippen bewegten sich in Zeitlupe. Als ich sagte:

»Sie fragen einen Toten«, schien sie darüber nicht zu erschrecken. Im Gegenteil. Ich schaute in die Kamera und verabschiedete mich von meinen Schülern. Ich wünschte ihnen alles Gute. Ich sagte ihnen, dass ich sie vermissen werde. Dann verabschiedete ich mich von meinen Eltern und meinen Geschwistern – und von meinem Nachbarn Urban: »Lieber Urban. Mir geht es gut. Rufe keinen Arzt. Rufe gar niemanden. Gib den Schlüssel dem Hausmeister.« Ich verabschiedete mich mit den Worten: »Vielleicht bis bald irgendwann.« Und ich verabschiedete mich von Michaela: »Mach dir bitte nicht so viele Gedanken wegen der Ansprache … So eine Ansprache kann man nicht erzwingen … Entweder sie entsteht oder sie entsteht nicht … Gib dir alle Freiheiten der Welt, auch die Freiheit ein solches Vorhaben abzubrechen oder zu vertagen …« Ich sprach diese Sätze weniger zu Michaela als zu Sujata, die ihrerseits ihre Fragen immer weniger in die Kamera als zu mir sprach. Die Kameras traten mehr und mehr in den Hintergrund. Einige Zeit spürte ich noch die nervöse Unruhe um uns herum, fuchtelnde Bewegungen, lautlose Beratschlagungen … – dann saßen wir in völliger Stille. Sujata flüsterte mir zu: »Wir sind beide so gut wie tot.« Sie meinte: erledigt, in der Endlosigkeit einer ruinierten Fernsehsendung, nie wieder schul- oder fernsehtauglich. Wir saßen inmitten unserer zwischenseitigen, immer länger anhaltenden Blicke. Ich fragte sie, ob ich ihre Sendung zerstört habe. Sie antwortete: »Aber nein. Wie könnte man eine solche Sendung zerstören. Sie ist unzerstörbar. Sie geht weiter und weiter und weiter … Ob mit oder ohne mich …« Nach einer kleinen Pause sagte sie: »Besser ohne mich.« Ich fragte sie, ob wir überhaupt noch auf Sendung seien? Sie wusste es nicht. Wir waren immer noch hell erleuchtet. Wir saßen in aller Stille und Abgeschiedenheit. Irgendwann sagte sie, für sie sei das Licht der Fernsehstudios nichts anderes als hell erleuchtete Dunkelheit. Sie sagte: »Seit Jahren verbringe ich meine Tage unterirdisch, in hell erleuchteter Dunkelheit … Mein Gesicht ist nichts als geschminkte Dunkelheit … Die Interviews, die ich führe, strahlende Dunkelheit … Die Studios eine Untertagewelt … Wir leben und arbeiten in einem Sarkophag … In einem erstrahlten Sarkophag … In einer eigenen unterirdischen Welt … In einer Totenstadt … Wir sind bereits tot, wenn wir hier herkommen … Sonst wären wir nicht hier … Von Freunden, Brüdern, Schwestern verabschiedet und begraben … Lebendig begraben … Nein, nicht einmal *lebendig* begraben … Nicht einmal das … Weder tot noch lebendig … Auch nicht untot … Wir alle hier sind Zufallsgefährten … Zufallsgesichter und Zufallssprecher in einem Zwischenseits … Geschminkt, balsamiert, erleuchtet … So belächeln wir die Welt … So belächeln wir uns selbst …« So belächelte sie mich. Ob wir nun immer noch mitten in der Sendung saßen oder in einer Sendepause oder in einer entlegenen Ecke, es war mir gleichgültig, ich nahm meinen Mut zusammen und sagte ihr, dass ich sie jahrelang im Fernsehen gesehen habe, fast jeden Abend, viel mehr als nur gesehen, sondern angeschaut … »Angeschaut?« Sie wollte mir das nicht glauben. Meine Zeit sei dazu sicherlich viel zu kostbar gewesen. Ihr schien die Vorstellung völlig absurd. Warum sollte irgendjemand sie mit solcher Regelmäßigkeit und Leidenschaft anschauen. Als ob jemand seine Zeit damit verbringen würde, einen anderen jahrelang auf dem Friedhof zu besuchen, jeden Abend, ohne ihn zu Lebzeiten überhaupt gekannt zu haben. In solchen Vergleichen sprach sie ... Als hätte sie keine Ahnung von ihrem Lächeln, von ihrem Gesichtsausdruck, von der Wirkung ihres Aussehens ... Nach einer Pause sagte sie: Wie gerne wäre sie zu einem Lehrer wie mir in die Schule gegangen. »Wie gerne!« Wir saßen immer noch mit angezogenen Knien, Knie an Knie, in Fühlweite, uns gegenüber. Wir saßen in uns, zwischen uns, mit uns ... in hell erleuchteter Dunkelheit, eine Ewigkeit.

I want you

An einem ertrunkenen Nachmittag im Oktober trat ich auf die Straße und sah eine Frau. Es regnete in Strömen. Die Menschen der Stadt hasteten mit eingezogenen Köpfen von Tür zu Tür. Inmitten dieses ängstlichen Treibens ragte die stoische Haltung dieser Frau: unbekümmert und ungekämmt. Ihr Haar flatterte wie die zerfranste Fahne eines Schiffs. Sie stand im Wind, nein, sie lehnte sich in den Wind, als würde sie sich den heftigen Umarmungen eines unsichtbaren Liebhabers hingeben. Sie tat es gerne. Der Wind ging ihr an die Wäsche. Sie ließ es geschehen. Mal zerrte er an ihren Kleidern, dann änderte sich plötzlich die Richtung seines Ansturms und er drängte durch die Öffnungen ihrer Bluse – es waren viele Öffnungen – und fuhr über ihre weiße Haut. Der Wind war kalt, aber sie fror nicht. Auch kein Frösteln, das eine unanständige Regung abschütteln möchte. Sie war keine Frau des 19. Jahrhunderts, auch nicht die Frau unserer Welt, sondern – ich merkte es sofort – die Frau für *alle Welt*. Meine weiche Haut ist für euch alle und meine luftigen Kleider sind nur da, um euch irre zu machen. Die kälteste Umarmung kann mich nicht schrecken, denn meine ruhige Wärme verwandelt alles und belohnt euren Mut. Kommt!

Eine Rose gebrochen, ehe vom Wind entblättert, schrieb ein deutscher Dichter über eine geliebte Frau. Mit diesen Worten schickte er sie in den Tod. Lieber eine tote Frau als eine Frau, die sich von den vulgären Fängen aller Welt begrapschen lässt. Die Frau, die sich an diesem verregneten Tag aus der Tristesse des Herbstes erhob, lächelte: ein spöttisches Lächeln, und ich glaube, ihr Spott galt diesem Dichter. Warum soll ich mich *nicht* entblättern lassen? Warum soll ich nicht für alle Welt da sein? Und dann sprach sie mich plötzlich an:

»I want you.«

Eine Engländerin?

»I want you.«

Ich antwortete in gebrochenem Englisch: »You? Me?«

Sie nickte. »I want you.«

»Mich?«

»Yes, you!«

Selten sprach mich eine Frau auf der Straße an. Kaum eine Frau redete so unvermittelt und geradeheraus. Ich schaute ihr in die Augen und ihr wissender Blick gab mir zu verstehen: Natürlich bin ich schön, doch ich sah dich zuerst. Ich sah dich bevor du über meine Schönheit erschrakst. Mein Blick findet alle Augen, die mich suchen, alle. Ich stand ganz dicht vor ihr und ihre geöffnete Marinejacke streifte meine Hand. Die Jacke hatte goldene Knöpfe. Ich küsste einen dieser Knöpfe – er schmeckte nach Salz – und sie lächelte: »I want you.« Die Passanten auf der Straße beäugten uns ungläubig. Und dann stieß mich eine Windböe nach vorn, drückte mich auf sie, schob mich in sie hinein, denn wir waren plötzlich in denselben Kleidern, in ihrer Jacke, die sich um uns schloss. So standen wir dicht gedrängt wie in einem beengten Raum, in ihrem Raum, und sie teilte ihn gerne und sie flüsterte »Welcome.« Ich wollte einen Schritt zurück, doch sie ließ mich nicht. Ich spürte ihre Taille – nackt. Es war der Wind, nicht ich, es war der Wind, und ihre Bluse hatte keine Knöpfe mehr, denn ich stand in ihrer Bluse. Kein Traum.

»I want you.«

Wirklich?

»Yes, of course.«

Nein, ich träumte nicht.

»I Want You for The Navy.«

Wie bitte?

»I Want You for The Navy.«

Plötzlich sehr nüchtern: »Promotion for anyone enlisting apply any Recruiting Station or Postmaster.« Und sie reichte mir ein Formular.

»I Want You for The Navy.« So warb die englische Marine um Soldaten für den Krieg – nicht den Zweiten, sondern den Ersten Weltkrieg. Mit diesem Plakat aus dem Jahr 1917 beginnt unsere heutige Zeit. Nicht mehr der stiere Blick spitzbärtiger Männer, die mit knochigen Fingern auf uns zeigen und uns anbellen: *Du!* Ich? *Ja, du! Stehen bleiben! Weglaufen ist zwecklos! Strammstehen! Ab in den Krieg!* Keine alten Männer, mürrische, hagere und langgesichtige Männer, die ihre Jünger rufen, ängstliche oder ernste Jünger, und sie ins Stahlgewitter des Krieges kommandieren. Auch nicht die alte Mutter aller Schlachten, sondern eine hinreißende und ungebundene Frau, die mit kühler Stimme die Sehnsucht einer neuen Zeit liebkost: »I want you.« Ich will dich. Dein größter Wunsch sei auch mein Wunsch. Du willst mich und ich will dich. »I want you.« Und dann in kleinen Lettern, als sei es eine unbedeutende Nebensächlichkeit, deren Bedeutung vom Glanz dieses entwaffnenden Angebots überstrahlt wird: »For The Navy.«

Wie bitte?

»For The Navy!«

Ich verstehe nicht.

Das brauchst du nicht, und sie löscht das Licht.

Lange stand ich vor dem Plakat. Ich wäre in den Krieg gegangen. Für sie wäre ich in den Krieg gegangen. Sie lächelte. Und ich sagte: »Sehen wir uns wieder?« Aber sie antwortete nicht. »Deine Adresse?« Sie lächelte nicht mehr. Das Plakat hing in einem Schaufenster. Ich öffnete die Tür und trat ins Geschäft. Eine Frau – sie hatte keine Ähnlichkeit mit der Engländerin – nahm mich in Empfang. Ich zeigte auf das Plakat und fragte:

»Was kostet diese Frau?«

»Eine Mark.«

Und ich kaufte sie, für eine Mark.

Klöden –
eine Fahrradballade

Zum Ende meiner Dienstzeit an der Universität ließ mein Professor einen Zettel auf meinen Schreibtisch legen, auf dem geschrieben stand: *Klöden. Bitte bibliographieren.* Alles was Klöden je geschrieben haben könnte, sollte ich sichten und auflisten und meinem Chef vorlegen. Nicht nur was Klöden selbst geschrieben haben könnte, sondern auch was andere über ihn geschrieben haben oder hatten oder gehabt hatten. Systematische Literaturerfassung nennen wir das. Wir Literaturwissenschaftler sind Sammler. Man legt Wert auf Vollständigkeit. *Klöden. Bitte bibliographieren*, bedeutete also Tage akribischer Arbeit, hinter gewaltigen Nachschlagewerken, über Karteikästen gebeugt, zwischen riesigen Regalen in Bibliotheken umherirrend, Arbeit womöglich nur für eine einzige Fußnote in einem der Bücher des Professors. Etwa derart: Fußnote Nr. 312. *Vgl. Klöden.* Oder: *Siehe auch Klöden.* Oder: *Schon Klöden* ... Nie zuvor hatte ich von Klöden gehört. Das macht nichts. Im Gegenteil, es hilft der Unvoreingenommenheit der Suche. Literaturwissenschaftler sind ahnungslos Suchende.

Der Chef hat eine Vorliebe für Fußnoten. Je länger und öfter, umso besser. Manche Fußnote geht über mehrere Seiten: Heerscharen an Büchern, Zitaten, Anmerkungen, Verweisen, Absicherungen, Rückversicherungen … Für ihn nicht nur eine Frage wissenschaftlicher Redlichkeit, sondern auch ein ästhetisches Phänomen. Fußnoten sehen schön aus. Sie bilden beim Lesen einen grafischen Rhythmus. Ihre bloße Anwesenheit beruhigt. Sie unterstützen den Lesefluss. Sie stützen ein Buch von unten. Sie sind wie Bilderrahmen. Oder die Streifen von Uniformen. Womöglich gab es noch eine Seite in dem bevorstehenden Buch des Professors ohne eine einzige Fußnote. Also: *Klöden. Bitte bibliographieren.*

Die Kunst des Bibliographierens: Es beginnt mit der Sichtung von Bibliographien, die auflisten, wer was wann über wen oder was geschrieben hat oder geschrieben hatte. In alphabetischen Indizes: *Klöck, Klöcke, Klöckener* … Diese Bibliographien sind wiederum aufgelistet in umfangreichen Bibliographien über Bibliographien, also in Bibliographie-Bibiographien, beispielsweise Theodore Bestermans *A World Bibliography of Bibliographies* – in der Tat eine Welt.

Klöckner, Klöde, Klöden … Schriftsteller. 1959 geboren. Noch am Leben. Kaum etwas veröffentlicht. Eigentlich nur zwei Bücher: Gedichte, Fragmente und Novellen. Veröffentlicht in einem unbekannten Verlag. Auf dem Einband des einen Buches stand der Satz: *Dr. Klöden ist Autor zahlreicher unveröffentlichter Romane.* Welcher Romane? – würde der Chef ohne Zögern fragen. Vielleicht sind sie doch veröffentlicht. Suchen Sie! Er legt Wert auf Vollständigkeit. Suchen Sie weiter! – und wieder Tage meines Lebens. Autor zahlreicher unveröffentlichter Romane. Welch gedankenlose Formulierung für die Arbeit eines Bibliographen. Gedankenlos und dumm. Ich suchte und suchte. Ohne Erfolg. Ich fand diese Romane nicht, nicht einmal Hinweise darauf. Es blieb bei diesen beiden Büchern. Und auch sie waren im Buchhandel nicht mehr erhältlich: *Führen wir nicht oder nicht mehr*, hieß es in den Katalogen der Buchhändler. Die einzigen noch zugänglichen Exemplare befanden sich in den großen Universitätsbibliotheken – auch in unserer Bibliothek. Sie waren dort nicht ein einziges Mal ausgeliehen worden. Dafür entdeckte ich einige wenige Essays und Erzählungen in Literaturzeitschriften, darunter sogar eine bekannte Literaturzeitschrift. Mehr nicht. Ich gab mir alle Mühe. Ich recherchierte gründlicher und länger als sonst. Die Fußnote würde trotzdem kaum mehr als drei Zeilen ergeben.

Es ging gar nicht um eine Fußnote. Der Chef beabsichtigte, viel schlimmer, einen Aufsatz, eine Abhandlung zu Klöden. Warum ausgerechnet Klöden? Klöden sei ein interessanter Mann. Nein, er sagte nicht Mann, sondern Vogel. Klöden sei ein interessanter Vogel. In einem seiner Essays sei Vaihinger erwähnt. Hans Vaihinger. Die Augen des Chefs glänzten. Mir blieb nichts erspart. Jeder andere hätte in Klödens Essays erwähnt sein dürfen, nur nicht der Philosoph Hans Vaihinger. Und er bat mich weiter zu recherchieren. Wann und wo und bei wem Klöden promoviert habe? Und über welches Thema? Und so ging es weiter. Wochenlang. Inmitten meiner anderen Arbeiten.

Klöden hier, Klöden da. Ein interessanter Vogel, ein interessanter Mann. Wir Literaturwissenschaftler haben es aber nicht mit interessanten Männern oder Vögeln, sondern mit Texten, nicht mit Autoren, sondern mit Texten. Texte sind empirische Vorfindlichkeiten. Sie sind nun einmal da, wie Berge oder Bäume. Sie sind, weil sie sind, weil sie sind … Und wenn sie nicht sind, dann sind sie nicht, weil sie eben nicht sind. Es gibt sie. Oder es gibt sie nicht. Alles weitere ist Spekulation. Wenn es einen bestimmten Text nicht gibt, dann gibt es dafür einen anderen Text. Texte gibt es immer und in jedem Fall, gleichgültig wer sie geschrieben hat. Die Welt ist Text. So oder so. Die Idee eines Autors ist zweitrangig. Autoren sind Restgrößen. Formale Begleiterscheinungen. Funktionen. Shakespeare bedeutet nicht Shakespeare, den Menschen, sondern bedeutet Texte, schwierige, knifflige Texte. Mehr oder weniger strukturierte Zeichensysteme, die man nach allen Regeln der Kunst entschlüsselt. Autoren sind in erster Linie Namen. Gewohnheitsmäßige Namen. Meistens tot. Oder uralt. Nicht wirklich relevant. Verstehen nichts von Literatur. Am wenigsten von ihren eigenen Werken. Stehen der Wissenschaft im Weg. Sind schwierig. Ein englischer Professor sagte einmal, zu Recht, völlig zu Recht: *Don't trust the author, trust the tale.* Traue keinem Autor, traue der Analyse von Texten. Autoren sind bestenfalls notwendige Übel …

Ich gebe nur das wieder, was wir in unserem Fach ganz selbstverständlich gelernt haben. Literaturwissenschaft, nicht Literaturliebhaberei, sondern Wissenschaft. Nie und zu keinem Zeitpunkt hatte ich einen Schriftsteller getroffen oder gesehen oder an die Möglichkeit eines solchen Menschen ernsthaft gedacht. Unsere Arbeiten gingen über die Werke toter Autoren. Wir mieden Biographisches. *Autobiophantastik* war das Wort, mein eigenes Wort, das ich meinen Studenten entgegenhielt, wenn irgendetwas Biographisches in die Nähe eines Textes kam – oder auch in die Nähe von mir selbst.

Man hätte mich ebenso gut heißen können, einen Seiltänzer, Stierkämpfer oder Boxer zu kontaktieren. Klöden sei ein interessanter Vogel oder Mann – oder was auch immer. Natürlich meinte er damit nicht Klöden, einen bestimmten Menschen, als vielmehr die Schriften unter dem Namen Klöden, vor allem aber den Umstand, dass in seinen Essays der Name Vaihinger fiel. Jeder andere Name hätte fallen dürfen, nur nicht Vaihinger. Ich recherchierte nun auch in meinem ureigensten Interesse. Je länger der Chef, zu meinem Schrecken, darüber nachdachte, umso wichtiger wurde Klöden nicht nur für seine, sondern auch für meine eigenen Arbeiten. »Denken Sie an Ihre Habilitation.« Und er empfahl mir dringend, Klödens Schriften zu lesen. Bitte nicht! Nicht noch ein Autor. Nicht noch ein Kapitel. Nicht noch mehr Arbeit. »Lesen Sie ihn.« Ich fing an zu lesen, zugegebenermaßen hastig, das meiste überfliegend, wie ein Vogel in der Luft, auf der Suche nach irgendeiner Beute. Ich suchte nach zitierfähigen Wörtern, Namen oder Sätzen, die man durch eigene

Sätze verbindet, unabhängig davon, was in dem Essay eigentlich steht. Wir Literaturwissenschaftler müssen zu viel lesen, um wirklich Zeit zum Lesen zu haben. Na? Und? – fragte der Professor, und ich antwortete zustimmend: Doch. Durchaus. Sehr interessant. Ein interessanter Vogel.

Ich sollte ihn kontaktieren. Die Adresse ausfindig machen. Ihn persönlich treffen. »Warum nicht«, antwortete mein Professor. Ihn persönlich treffen!? Ich!? Warum ich? Wem würde dies helfen? Zahlreiche Verpflichtungen türmten sich auf meinen Schreibtischen. Ich arbeitete unter Hochdruck an meiner Habilitation. Eben deshalb insistierte er so sehr auf Klöden: meine Habilitation. Er hatte neue Ideen für mich, Ideen für ein weiteres Kapitel meiner Habilitation ... Nur ein Zwischen- oder Übergangskapitel, ein Exkurs, nicht primär über Klöden als vielmehr über die Spuren Hans Vaihingers bei Klöden. Nur ein kurzes Übergangskapitel. Höchstens sechs Wochen – Arbeit. Ich sollte Klöden schreiben. Nicht telefonieren, besser schreiben, mit der höflichen Bitte um ein ausführliches Gespräch mit dem fast vergessenen Autor Herrmann Klöden. Der Chef dachte an ein Interview. Wie stellte er sich das vor? Ich hatte keinerlei Erfahrung mit Interviews. Wie soll man ein solches Interview führen? Mit welchem Ansatz? Mit welchen Fragetechniken und wissenschaftlichen Methoden? Mit gesundem Menschenverstand, meinte mein Professor. Und mit einem Tonbandgerät.

Es stimmt: Ein solches Interview könnte möglicherweise im Anhang der Habilitationsarbeit abgedruckt werden. In der Fachwelt würde dies Aufsehen erregen. *Wer ist Klöden?* Sie kennen Klöden nicht!? Und sie rennen in die Bibliothek und suchen nach Klöden. Und betrachten mich als Fachmann für ihn. Und weitere Veröffentlichungen könnten folgen. Ein neues Spezialgebiet: *Klöden.* Ich der Klöden-Forscher, Klöden-Kenner, Klöden-Entdecker … In meinen eigenen Seminaren der entschiedene Verweis auf Klöden. Jawohl Klöden. Hochinteressant, weil Vaihinger bei Klöden … So gut wie keine Sekundärliteratur. Gut, sehr gut. Je weniger ein Autor schreibt, umso besser. Je weniger über ihn geschrieben ist, umso besser. Ein Literaturwissenschaftler schreibt umso mehr oder weniger, je mehr oder weniger andere Literaturwissenschaftler bereits über ein Thema geschrieben haben. Der ideale Autor für einen Literaturwissenschaftler wäre ein Mensch wie Klöden.

Wie soll man einem solchen Menschen schreiben? Wie soll man ihn anreden? *Sehr geehrter Klöden* … Oder besser: *Lieber Herr Klöden* … Soll man den Schriftstellerberuf in der Anschrift erwähnen? Oder besser nicht? Schließlich schrieb ich: *An den Schriftsteller Herrmann Klöden, Scheffelstraße 15, 78337 Stiegen.* Irgendwo an der Schweizer Grenze. Ich wartete auf eine Antwort. Ich wartete zwei Wochen. Ich besorgte einen Kassettenrecorder und einige Bücher über *Tiefeninterviews* und *Fragetechniken zu motivationalen Tiefenstrukturen.* Ich wartete weiter. Es war ein Fehler gewesen, den Doktortitel in der Anschrift auszulassen, möglicherweise unverzeihlich, doch tat ich dies nur, um nicht allzu dienstlich zu wirken – meinen eigenen Titel hatte ich ebenfalls weggelassen. Schließlich bekam ich eine Antwort, nicht von Klöden selbst, sondern von einer Frau Langenargen. Vielleicht eine Schreibkraft Klödens? Ihr Brief war jedoch handschriftlich geschrieben. Also doch keine Schreibkraft oder Sekretärin, sondern vielleicht die Lebensgefährtin. Sie bedankte sich für meinen Brief. »Vielen Dank für Ihren lieben Brief. Er kam sehr überraschend.« Sie übermittelte mir Grüße – Grüße von Klöden. Er sei zurzeit sehr beschäftigt. Die Anschrift meines Briefes habe ihn berührt, besonders die zwei Zeilen: *An den Schriftsteller Herrmann Klöden.* Beim ersten Hinsehen wirke diese Anrede wie Hohn und Spott. Wie eine öffentliche Zurschaustellung. »Bis man merkt, dass man zum ersten Mal in einem Brief als derjenige angesprochen wird, der man tatsächlich ist, ein Schriftsteller, und mit der größten Selbstverständlichkeit jenen Respekt erfährt, den andere Berufe schon immer erfahren, gerade in der Selbstverständlichkeit der Anrede. Vielen Dank.« In diesem Ton ging es weiter, über mehrere Seiten, der Brief – eigentlich schon der zweite Brief – nahm kein Ende. Gerne stehe Klöden für ein oder mehrere Gespräche zur Verfügung. Im Gästezimmer ihres Hauses könne ich wohnen. »Bitte keine eigene Bettwäsche mitbringen.« Dann ein Absatz und die Bemerkung: Klöden sei ein Mensch, der nur schwer nein sagen könne. »Wenn er mit anderen Menschen in Berührung tritt, ist er oft schon verloren.« Deshalb beantworte er persönlich keine Briefe. Deshalb nehme er das Telefon nicht ab. Deshalb der Anrufbeantworter. Deshalb ihre dringende Bitte: »seine Offenheit nicht zu missbrauchen.« Gerne könne ich auch länger bleiben. »Soll ich Sie von der Bushaltestelle abholen?« Der Brief schloss mit herzlichen Grüßen und dem Satz: »Gute Reise.«

Ich reiste direkt von meinem Schreibtisch weg – Taxi zum Bahnhof – mit dem Zug, so weit es ging, und als es nicht mehr ging, mit Bussen Richtung Stiegen. Drei Tage, allerhöchstens eine knappe Woche konnte ich bleiben, sprach ich Frau Langenargen auf den Anrufbeantworter. Sie wartete mit einem Fahrrad an der Bushaltestelle. Sie erkannte mich sofort. Ich war der einzige Passagier. Der Bus fuhr erst gar nicht weiter. Lächelnd berührte sie meine Hand. Sie lächelte mit ihren Augen. »Wie war die Reise?« Langwierig und verwinkelt. »Sie haben sicher Hunger.« Nein, sie sagte nicht Hunger, sondern Hungerast. »Sie haben sicher einen Hungerast.« Welch poetischer Ausdruck. Schon auf den ersten Metern sprach sie in der Sprache Klödens. Er warte zu Hause. Wir machten zunächst einige Besorgungen im Dorfladen. Ob ich lieber Wurst oder Käse esse? Sie wirkte auf eine überdrehte Art freundlich und freudig. Klödens Freude, bedeutete sie mir mehrmals. Ganz und gar seine Freude. Er freue sich ungemein. Seine Freude sei ihre Freude, und ihre Freude sei Klödens Freude: Vorfreude auf mich.

Vorsichtig versuchte ich ihre hohen Erwartungen zu

bremsen. Sie reagierte nicht, sagte irgendetwas über die Gangschaltung ihres Fahrrads, das sie schlenkernd, mit Einkaufstüten am Lenker, neben sich herschob. Ihr Alter? Undefinierbar. In manchen Momenten wirkte sie geradezu jung – fast wie eine Tochter Klödens – wie ich einige Augenblicke ernsthaft glaubte. Dann wieder auf eine merkwürdige Weise ergraut, erschöpft, am Ende ihrer Kraft: die langjährige Lebensgefährtin Klödens, noch ärger gealtert, noch mehr erlitten als der Schriftsteller selbst. Oder am Ende gar nicht die Lebensgefährtin Klödens, sondern eine Art Tante. Oder Schwester? Oder eine Art idealistischer Hauswirtin, die sich seiner annahm? Eine Vermieterin, die nach wenigen Monaten einsah, dass man von einem Menschen wie Klöden keine Miete verlangen kann. Im Gegenteil. Der Mann braucht Hilfe. Regelmäßige Mahlzeiten, saubere Wäsche und ein kleines Salär. Er ist Schriftsteller. In anderen Momenten schien sie wieder jung: nicht nur dank ihrer Stimme, sondern auch in ihrem Gesicht und in ihrem ganzen Wesen.

Das Haus, ein schönes Haus, fast noch Gründerzeit, liegt in einem dicht bewachsenen Garten. Klöden wohnt im ersten Stock. Die Balkontür zu seinem Arbeitszimmer stand offen. Ich glaubte Geräusche einer Schreibmaschine zu hören. Abends schrieb ich in mein Notebook: »Das erste was ich, noch auf der Straße stehend, hörte, waren Schreibmaschinengeräusche, das leidenschaftliche Tippen einer Schreibmaschine …« So oder so ähnlich hätte ich es gerne geschrieben, hätte ich gerne meinen Bericht (vielleicht sogar einen ersten populärwissenschaftlichen Aufsatz) über Klöden begonnen ... Von wegen Schreibmaschine. Von wegen leidenschaftliches Tippen. Es lief ein Fernseher. Ich hörte es genau. Wir standen noch immer im Garten. Er begrüßte mich nicht einmal. Er blieb in seinem Zimmer. Frau Langenargen rief ihn von unten. Er reagierte nicht. Es sei besser, ihn jetzt nicht zu stören, meinte Rita. »Nennen Sie mich Rita«, sagte sie, als sie mir mein Zimmer zeigte. Ein sehr schönes Zimmer. Ich solle mich doch frisch machen. Sie reichte mir ein Handtuch und zeigte mir das Bad. Später saß ich mit ihr im Garten. Wir tranken Holunderbeerensaft. Klöden immer noch unpässlich in seinem Arbeitszimmer. Der Fernseher lief unüberhörbar. Als ob Klöden mit voller Absicht die Balkontür offen gelassen hätte, um uns lautstark zu bedeuten: Hört, ich schaue Fernsehen. Ich Schriftsteller schaue Fernsehen! Wie ein im Voraus Beleidigter. Den ganzen Nachmittag saßen wir im Garten und warteten. Einmal glaubte ich einen Aufschrei zu hören. Sehr viel später sagte sie, es sei sinnlos, er werde heute nicht mehr kommen, es sei nichts gegen mich, sondern – ich glaube sie sprach von einem schlechten Tag. Sie sagte es auf Französisch: *jour sans*. Ein Tag, an dem nichts mehr geht. Später sagte sie, es sei nun zu spät. Klöden sitze am Schreibtisch. Womit sie einräumte, dass er nachmittags nicht am Schreibtisch gesessen hatte. Ich fragte, ob er jetzt schreibe, was sie bejahte. Was er denn schreibe? Einen Roman? Ich gebe zu, der Ton meiner Frage klang spöttisch. Sie antwortete: »Nein, wahrscheinlich schreibt er Briefe.«

Aha, Briefe. Später beim Abendessen sagte sie, eigentlich schreibe er nur an einem einzigen Brief, schon seit Jahren. An einem einzigen Brief? Sie antwortete so ähnlich wie: Viele Menschen schreiben jahre- oder jahrzehntelang – zumindest im Geiste – an einem einzigen Brief, den man unbedingt schreiben muss, aber nicht schreiben kann, oder immer wieder neu schreibt oder umschreibt oder ungeschrieben vor sich herschiebt. So auch Klöden. Seit bald zehn Jahren schreibe er an einem einzigen Brief, den er immer wieder neu schreibe und verwerfe. Oder in Kuverts stecke, aber nicht abschicke. Ich nickte höflich, wollte endlich auf mein Zimmer. Nach dem Abendessen kam sie mit einem Mahagonikasten voller Briefe. Klödens ungesendete Briefe. Ob ich mich dafür interessiere? Eigentlich nicht – ich war schon recht müde. Die Briefe, so Rita Langenargen, waren alle an einen einzigen Adressaten gerichtet, an Klödens Verlag beziehungsweise an Klödens Verleger. Keiner von ihnen hatte je den Weg in den Briefkasten geschafft. Obgleich sie sprachlich brillant formuliert seien. Und völlig zu Recht geschrieben. Alle Briefe blieben ungesendet. Trotz aller Überredungsversuche. Einige Male sei er losgelaufen, fest entschlossen, einen Brief einzuwerfen, um nach Stunden wieder zurückzukehren, mit dem Brief, nachdem er den Briefkasten auf immer weiter ausholenden Rundwegen umkreist hatte. Vergeblich. Sie öffnete einige Kuverts und fing an zu lesen, z. B.: »Sehr geehrter Herr Verleger, für meine eigenen Planungen würde ich gerne den Zeitplan des Erscheinens meines nächsten Buches wissen ...« Nächster Brief: »Sicher sind Sie gerade sehr beschäftigt. Dennoch bitte ich Sie um eine Antwort auf meinen Brief ...« Drei Briefe später: »Selbst eine einzige Zeile einer Antwort auf meine Briefe scheint Ihnen den Aufwand nicht wert.« Und: »Mehr Distanz, Respektlosigkeit und Verachtung kann ein Verleger seinem langjährigen Autor wohl kaum zeigen ...« Alle Briefe waren bereits in frankierten Kuverts, die Rita Langenargen nach und nach öffnete und mir vorlas. Alle Briefe waren ungesendet. Und so folgte Ultimatum auf Ultimatum – ungesendet. »Ich frage Sie ein letztes Mal: Wann ist der Erscheinungstermin meines Buches?« Und er fragte noch einmal und noch einmal und immer wieder. »Wenn ich bis zum 31. Dezember keine Antwort bekomme, ziehe ich das Manuskript zurück.« Und er zog das Manuskript zurück bzw. verlangte es zurück. Und er bot es erneut – in versöhnlichem Ton – an, um Tage (Briefe) später jede weitere Zusammenarbeit endgültig aufzukündigen. *Once and for all.* Und so weiter. Warum er diese Briefe überhaupt schrieb? Weil er keine Antwort bekam. Und je länger er keine Antwort bekam, desto öfter schrieb er. Und je länger seine Briefe ungesendet lagerten, umso länger wartete er auf eine Antwort. Wie hätte es anders sein sollen. Sie nahm ihn in Schutz: Nicht er schulde dem Verlag, sondern der Verlag schulde ihm die längst fällige Antwort. Zumindest eine Erklärung. Es sei nicht an Klöden, an den Verlag zu schreiben, sondern an dem Verlag an Klöden zu schreiben, was nicht geschehe, also schreibe

Klöden. Er sei viel zu nachgiebig. Man nutze seine Gutmütigkeit schamlos aus. »Die lautlose Übereinkunft des Rudels, das sich tänzelnd der Fährte eines Menschen nähert, der nicht nein sagen kann, weil er nicht verletzen will. Am wenigsten sich selbst.« Sie sagte dies nicht nur zur Erklärung Klödens, sondern wie zu ihrer eigenen Erklärung, warum sie mit Klöden sei: um ihn zu schützen.

Einmal war Rita bereits mit einem Brief Klödens an seinen Verlag unterwegs gewesen. Er fuhr ihr im letzten Moment mit dem Fahrrad nach, in halsbrecherischem Tempo, und soll gerufen haben: »Nicht! Tu es nicht! Es hat keinen Wert. Es ist sinnlos!« Und der Brief gelangte wieder nach Hause. Einige wenige Briefe wurden tatsächlich verschickt, nicht an den Verlag, sondern an Freunde, die er bat, jene Briefe, die er für gelungen hielt, durchzulesen, um dann zu entscheiden, ob er sie abschicken soll oder nicht. Brief an einen Freund: »Hier noch einmal der Entwurf eines Briefes, den ich zu senden gedenke. Kann man einen solchen Brief wirklich abschicken? Oder besser nicht?« Die Antwort: »Ja, natürlich, warum denn nicht?« Die Briefe blieben alle ungesendet.

Rita zeigte mir ein anderes Kästchen, in dem die positiven Briefe gesammelt waren, Briefe an Klöden von Lesern, Schriftstellern, Bibliothekaren usw. – darunter auch mein eigener Brief, der schon alleine durch die Anschrift in Ritas Hand gestreichelt wurde: *An den Schriftsteller Herrmann Klöden.*

Klödens Briefe an den Verlag wurden immer länger

und grundsätzlicher. Einige Briefe lagerten unter der Rubrik *Versprechungen.* (Ritas Handschrift). »Was wurde mir, was wurde meinem Buch nicht alles versprochen. Von Ihnen versprochen.« Und er listete die Versprechungen auf – ein riesiges Kuvert, wieder ungesendet: alles Versprechungen! Und er listete in anderen Kuverts auf, was aus diesen Versprechungen geworden war. Nicht nur dass sie nicht gehalten wurden, sondern sich ins Gegenteil verkehrt hatten – ungesendet. In einem Brief gebrauchte er die Formulierung: Die Verlagsverträge seien eine Form gelebter Literatur, reine Fiktion, kein Wort wahr. Und: ausgerechnet ein Verlag, eine Institution des Wortes, missachte sämtliche gegebenen, versprochenen wie geschriebenen Worte … Ein einziger Wortbruch … »Ich habe jedes Vertrauen in jedes Ihrer Worte verloren« … Unterschrift Klöden und ein erstes Postskriptum: »Bedenken Sie, dass sich hinter dieser Unterschrift ein Mensch verbirgt.« Und so folgte – unter zahlreichen Briefmarken – Abrechnung auf Abrechnung – ungesendet, so als wolle er sagen: Es hat ja keinen Wert.

Warum? Ich fragte Rita warum. Warum er nicht *einen* Brief geschickt habe? Sie antwortete achselzuckend: »Aus lauter Angst.«

Bis heute hat er keine Antwort bekommen. Bis heute ist das Buch nicht erschienen. Bis heute hat er keinen seiner Briefe abgeschickt.

Später, in Zeiten des Internets, erzählte mir Rita, war es nicht mehr der klassische Brief, sondern die tägliche ungesendete E-Mail, die Klöden an seinen Verlag schrieb und nicht abschickte. Er speicherte sie in der Rubrik *Entwürfe*. Einmal kam seine Hand versehentlich auf den Befehl *Versenden*. Ein Aufschrei im ganzen Haus. Er rannte durch die Zimmer. Geradezu hysterisch. Vergrub seinen Kopf in einer Gardine. Tat so, als hätte er soeben aus Versehen eine Atomrakete abgefeuert. »O my god. O my god.« Wartete auf den Einschlag. Wartete auf den Gegenschlag. Doch nichts dergleichen. Er bekam keine Antwort.

Wie hat man sich einen Schriftsteller vorzustellen? Am besten gar nicht. Oder als Nicht-Entität. Von körperloser Unscheinbarkeit. Ergraut, abgeschlagen, erledigt, mit glasigem Blick, schlafbedürftig und zugleich schlaflos, dünnhäutig, wahrscheinlich dünnes Haar, vielleicht sogar ein wenig degeneriert. Sicherlich demoralisiert. Geschwächt. Freudlos. Und freundlos. Eine Schreibwarenexistenz. Engländer würden sagen: *stationary existence*. Umständlich, verschroben, zögernd, ja der Typ des ständigen Verzögerers. Siehe die Briefe. Seinem tiefsten Wesen nach selbst ungesendet. Wie all die Briefe. Zutiefst beleidigt, dabei selbst beleidigend. In abstruse Vorstellungen verrannt. Verkrampft. Bis in die Sprache hinein. Von den Worten nicht geliebt. Nicht einmal von den Worten geliebt. Im Sprachkrampf knirschender Sätze, die keiner versteht, die keiner liest. Der Satzbau – sich selbst verbauende Gebilde. Sprachgefängnisse. Zum Bersten verkrampft. Wie ineinander verkeilte Maschinen oder Autowracks.

Ächzend, knirschend, seufzend ... Dies nur einige Stichworte ...

Als ich ihn zum ersten Mal sah, stand er mir im Trainingsanzug gegenüber. Fast einen Kopf größer als ich. Geradezu sportlich, nicht nur seiner Sporthose wegen. Turnschuhe tragend. Braungebrannt. Er stand in tänzelnder Erwartung vor seinem Arbeitszimmer. Offensichtlich kam er gerade von irgendeiner Morgengymnastik. Handtuch über seiner Schulter. Ich gebe zu: er erwischte mich auf dem falschen Fuß. Ich war überrascht. Geradezu perplex. Hatte zu sehr das Bild seiner ungesendeten Briefe vor Augen. Er begrüßte mich. Drückte überschwänglich meine Hand. Führte mich in sein Zimmer. Sagte plötzlich: Wie blass ich aussehe. 1:0 für Klöden. Ob ich von meinem Verleger komme? Wie bitte? Ob ich soeben von meinem Verleger komme? Ich verneinte. Er bestand darauf: Ich würde so aussehen, als käme ich direkt von einem Verleger. Er legte seinen Am um meine Schulter. In der Mitte des Zimmers stand ein Fahrradergometer. Meinen Büchern über *Tiefeninterviews* und *Fragetechniken* folgend machte ich zunächst Small talk: Stellte mich vor. Grüßte von meinem Professor. Stellte ihm indirekt die Möglichkeit in Aussicht, seinen Namen und sein Werk in meine Habilitation einzuarbeiten. Fragte, ob er damit einverstanden sei. Er sagte nicht nein. Er sagte aber auch nicht ja. Ich sprach davon, seinen Namen und sein Werk in der Fachwelt bekannt zu machen. Er reagierte darauf nicht. Wir standen uns gegenüber. Ich sprach ihn – aus reiner Höflichkeit –

auf das Fahrradergometer an. Dies war ein Fehler. Sofort fragte er mich, ob ich eine Runde drehen wolle? Ich? Wohin? Schon führte er mich zu dem Ergometer. Er setzte mich auf den Sattel. Meine Kniegelenke knackten. Ich solle ganz locker treten. Er selbst setzte sich hinter mich, auf ein zweites Ergometer weiter hinten im Zimmer. Und so begann unser Gespräch als lockere Runde – wie er es nannte – in seinem Arbeitszimmer, bei 120 Watt, so die Einstellung des Ergometers. Bald war ich außer Atem. Klöden hinter mir sprach lebhaft über Wattzahlen und Trittfrequenzen. Wie stellte er sich das vor. Ich bin völlig ungeübt. Ich musste absteigen. Er beachtete mich nicht und fuhr weiter. Ich stand unschlüssig, war völlig nassgeschwitzt. Er fuhr ungerührt weiter, einen imaginären Berg hinauf. Er schaute nicht einmal mehr auf. Schließlich ging ich nach unten, duschte mich, zog mich um und ruhte ein wenig. Dann klopfte ich wieder. Er saß immer noch auf dem Ergometer, mit einem Blick, als fahre er in der Tat durch irgendeine Landschaft ... So deutete ich das Leuchten seiner Augen.

Zu meiner Überraschung verlief unser erstes Gespräch vielversprechend. Er sagte einiges Zitierfähige. Er kennt Vaihinger. Er hat ihn gelesen. Mehr als gelesen. Und er kennt F. A. Langes *Geschichte des Materialismus*. Sehr ungewöhnlich, doch eine wertvolle Andeutung für meine Habilitation. (Ich nannte das neue Zwischenkapitel Klöden-Kapitel.) Auch bin ich ihm für den Hinweis dankbar, dass Hans Vaihinger in einem Brief von

Aldous Huxley erwähnt ist. Siehe: *Complete Letters of Aldous Huxley*. Während ich dies notierte, sagte Klöden plötzlich, aus dem Nichts: *fictio figura veritatis*. Wie bitte? *Fictio figura veritatis*. Die Fiktion ist eine Figur der Wahrheit. Augustinus. Ich hätte fast geschrieen vor Freude, ein Geschenk des Himmels, fast so etwas wie der Durchbruch für die Konzeption des Klöden-Kapitels. Ich machte fieberhaft Notizen. Und wieder aus dem Nichts kam er mit Formulierungen wie: *Das Drehen der Wirklichkeit durch den Fleischwolf der Fiktion …* Oder: *Der wohlerzogene Roman als epische Autobahn*. Er schenkte mir diesen Satz. Ich bedankte mich, obgleich ich nicht recht wusste, wie man einen solchen Satz in eine wissenschaftliche Arbeit einbauen könnte. Dann schaute er erstmalig auf die Uhr, wurde nach und nach unkonzentriert. Wollte von Nietzsche nichts wissen, sondern zeigte plötzlich auf das Nachbarhaus, zugegeben ein sehr hässliches Haus, und sagte: Dies sei in etwa das Bild des zeitgenössischen deutschen Romans. Was nutzten mir derartige Vergleiche. Teilweise sprach er unmotiviert und unvermittelt, manchmal auch zusammenhanglos. Er bemitleidete mich ob meiner Habilitation. »Ziehen Sie mich da nicht hinein!« Oder: »Meiden wir Menschen, die uns verbittern. Verbittert kann man leben, aber sicher nicht schreiben. Sehen Sie nur mich.« Sein Wissen und Nicht-Wissen scheint voll der Extreme: Er weiß fast alles über die englische Literatur. Kennt die entlegensten Autoren. Was er *nicht* weiß, könnte man auf eine Postkarte schreiben. Andererseits hat er kaum Ahnung von der deutschen

Literatur. Die deutsche Literatur sei ihm völlig langweilig und zuwider. Als ich Brecht erwähnte, zeigte er sich ahnungslos. Er schielte zum Fenster beziehungsweise zum Fernseher. Allen Ernstes gab er vor, noch nie von Brecht gehört zu haben. Natürlich wollte er mich provozieren. Später sagte er, ja, er habe den Namen irgendwann einmal gehört: Ob Brecht ein Schweizer Radprofi sei?

Er wurde immer unruhiger, schaute wieder auf die Uhr. Und er sagte: »Ich bin kein deutscher Schriftsteller.« Wie das? – fragte ich ihn. Er schreibe doch Deutsch. Nein, kein Deutsch, so seine Antwort, sondern nur deutsche Wörter. Die Syntax sei Englisch. Die Verben stünden stets am Anfang seiner Sätze ... Mitten im Satz fasste er nach der Fernbedienung des Fernsehers und schaltete ein. Kein Versehen, sondern sein voller Ernst. Nicht irgendwelche Kurznachrichten, die er sehen wollte, sondern – mir fehlten die Worte – die Tour de France. Die Tour de France. Oder genauer ein Vorbericht zur nächsten Etappe der Tour de France. Es war nicht einmal elf Uhr – am Morgen. Wir waren noch mitten drin in unserem Gespräch, doch Klöden wandte sich ab, vertiefte sich innerhalb von Sekunden in seinen Fernseher ... Und ich saß daneben. Mein Kassettenrecorder, mit dem ich unser Gespräch aufzeichnete, lief noch. Ich fragte ihn, was das sei, wie lange das dauern werde? Er antwortete nicht. Die Antwort kam nach und nach aus dem Fernseher: eine Etappe. Eine Etappe der Tour de France. Sie ging von Aix-les-Bains nach L'Alpe d'Huez. Ich fragte ihn, wann wir weitersprechen könnten? Noch dachte ich an die Fortsetzung unseres Interviews. Er antwortete nicht, doch der Reporter im Fernsehen sagte, er sagte es fast genüsslich: Es seien noch 205 Kilometer. Für eine Weile saß ich ratlos neben Klöden. Gemächlich rollte das Fahrerfeld über französische Landstraßen. Alle paar Minuten kam ein Dorf. Mehr nicht. Dazwischenrein das Gerede der Reporter. Klöden war nicht mehr ansprechbar. Ich stand auf und verließ das Zimmer, ohne von Klöden irgendwie beachtet zu werden.

In der Küche kochte Rita Tee. Ich klopfte. Sie wirkte achselzuckend. Ich fragte sie, wie lange das Rennen dauern werde? Ihre Antwort: Es handle sich um eine schwierige Etappe. Sie sagte dies entschuldigend: eine schwierige Etappe, eine Königsetappe. Eine Königsetappe? Eine Königsetappe sei eine besonders lange Etappe, mit einigen Bergen. Dies könne dauern. Die Berge erwiesen sich dann als Berge der höchsten Kategorie. Über 2000 Meter hoch. Ich solle mich doch setzen. Nach und nach räumte sie ein, wie lange diese Etappe wirklich dauern werde. Bis etwa fünf Uhr nachmittags. »Bis fünf Uhr nachmittags!?« Dann dusche Klöden. Aus reiner Erschöpfung. Später folgten Interviews, Analysen und ein erstes Gespräch mit Jan Ullrich. Auf verschiedenen Fernsehkanälen. Danach esse Klöden zu Abend. Lieber alleine als zu zweit oder zu dritt. Von Jan Ullrichs Bettruhe sprach sie so, als schliefe er hier in diesem Haus. Selbst in der Küche lief ein Fernsehapparat. Der Reporter sagte: »Das Peloton passiert nun Le Châtelard ...« Wie interessant. »Das Peloton erreicht jetzt Albertville ...« Als ob sie alle Zeit der Welt hätten. »Das Peloton kommt bald nach Rognaix, wo es übrigens einen ausgezeichneten Käse gibt ...« Als ob *ich* alle Zeit der Welt hätte. Rita setzte sich neben mich. Und so saßen wir in der Stupidität einer endlosen Radübertragung, gleich der Stupidität einer ewigen Autofahrt. Nur dass wir, statt aus einem Fenster, in einen Fernseher schauten.

Vorsichtig erkundigte ich mich nach dem nächsten Tag, nach der Fortsetzung meines Interviews. Rita goss mir nochmals Tee ein und reichte mir ein Stück Kuchen. Am nächsten Tag war offenbar ein Bergzeitfahren. Wie lange das dauern werde? Sie wusste es nicht oder gab vor, es nicht zu wissen. Ein Bergzeitfahren. Soweit die Alpen. Ich sagte nichts. Nach den Alpen kamen die Pyrenäen mit weiteren Bergen. Mit dem Col du Tourmalet als Höhepunkt. Danach einige Flachetappen, dann wieder ein Zeitfahren, und so weiter, Frankreich in einem riesigen Bogen umschließend und zugleich durchquerend. »Es tut mir Leid«, sagte Rita.

Fast hätte ich gesagt: »Dann kann ich ja gehen.« Doch blieb ich sitzen. Ich brauchte dieses Interview. Je länger ich darüber nachdachte, umso dringender brauchte ich dieses Interview. Ich hätte fragen können: Warum sie mich unter diesen Umständen überhaupt hatte kommen lassen? Meine Zeit ist begrenzt. Meine Habilitation. Ich gehe auf die vierzig zu. Meine berufliche Zukunft hängt an einem seidenen Faden. Sie antwortete, indem sie meine Hand berührte. Später sagte sie: Es würden auch kürzere Etappen folgen, gerade in der nächsten Woche, auf der Ebene, da gebe es einige Flachetappen. Es finde sich sicherlich Zeit für die Fortsetzung des Interviews.

Also blieb ich sitzen. Bereits diese eine Etappe zog sich endlos in die Länge. Die Fahrer fuhren gerade einen Berg hinauf, als Rita Mittagessen kochte. Oder war es umgekehrt? Rita kochte Mittagessen, als die Fahrer einen Berg hinauffuhren. Und wir aßen unser Mittagessen, als die Fahrer immer noch denselben Berg hinauffuhren. Und sie fuhren immer noch (schweißüberströmt), als Rita Klödens Mittagessen nach oben brachte. Er sei sehr angespannt. Geradezu bleich. Nicht ansprechbar. An der Seite Jan Ullrichs ... Der Reporter sprach belanglose Nichtigkeiten, immer das, was ohnehin zu sehen war: ein Kirchturm, ein Waldstück, eine Reifenpanne ... Schon drei Stunden schaute ich zu. Welch unglaubliche Verschwendung kostbarster Zeit! Sechs bis sieben Stunden dauerte nur diese eine Etappe. Und über 20 Etappen ging die Tour, drei Wochen! Was für eine Eintönigkeit, nicht nur für uns, Sitzende, sondern auch für die Fahrer, ebenfalls Sitzende. Mit stieren Blicken keuchten sie durch die Alpen. Mit stieren Blicken schauten wir ihnen nach. In ewiger Monotonie pedallierten sie dahin – bis zum Fuße von L'Alpe d'Huez. Ich wurde nun aufmerksamer, da sich ein Ende abzuzeichnen schien. Jan Ullrich lag immer noch vorne. Jan Ullrich, der Lieblingsfahrer Klödens, ein Genie, so Klöden, ein Ästhet, ein Stilist, eine Beruhigung: Beruhigung für Klödens Nerven … Fixpunkt seiner schlaflosen Nächte. Wenn man ihn nur sehe, Jan Ullrich, in vollendeter Haltung, auf dem Fahrrad, immer noch vorne, an der Spitze des Pelotons, im steilsten Aufstieg eines Alpenpasses. Doch hinter ihm – oder über ihm – drohte ein Schatten, der dunkle Schatten eines anderen Fahrers: Armstrong. Wer? Armstrong. Der Amerikaner Lance Armstrong. Rita schaute mich tadelnd an. Ich hatte noch nie von ihm gehört. Lance Armstrong. Welch martialischer Name. Mehrmaliger Tour de France-Gewinner. Siegesgewohnt, siegesgewiss, siegesgierig. Kapitän von *US Postal*. Mehr als Kapitän: Alleinherrscher. Ein Diktator. In den stundenlangen Invektiven Klödens eine Art Antichrist des Radsports. Der Schatten Armstrongs über allem. Auch und besonders über Ullrich. Ullrich fuhr immer noch vorne, doch Armstrong, Armstrong, er lauerte weiter hinten. Warum so weit hinten? Die Reporter fragten sich dies auch. Kopf verdächtig nach unten gebeugt. Sein windschnittig-grimmiger Helm ergab das Bild einer gotischen Fratze. So Klöden. Übelste Neo-Gotik nicht nur Armstrongs Helm, sondern auch die wuchtige Brille sowie der gesamte Gesichtsausdruck. Ausdruck eines futuristischen Puritaners. So Klöden. Ullrich fuhr ruhig und hurtig, doch Armstrong weiter hinten … Verdächtig weit hinten … Er wirkte müde und angeschlagen. Was für ein Tag. Der Reporter glaubte einen gequälten Gesichtsausdruck bei Armstrong zu erkennen. Mit Verlaub: Alle Gesichter wirkten gequält. Doch auch der zweite Reporter meinte Armstrong sei ernsthaft gequält, am Ende seiner Kraft, hohlwangig, wankend. Ihre Stimmen waren voll bebenden Bedauerns und Hoffens. Er schaue wirklich entkräftet, leidend, verzehrt. Ullrich dagegen nicht ganz so leidend, nicht ganz so entkräftet, nicht ganz so verzehrt, und einige Meter vor Armstrong. Armer Armstrong. So die Reporter. Und dann, am letzten Berg, wenige Kilometer vor dem Ziel, war Armstrong plötzlich neben Ullrich, so als grüßte er ihn, *Hi.* Dann ging Armstrong aus dem Sattel und in wenigen Tritten – Wiegetritten – fuhr er leichtfüßig an Ullrich vorbei, mit tänzelnder Unbekümmertheit den Berg hinauf, nach L'Alpe d'Huez. Ein einziges Mal schaute er noch zurück, zu Ullrich. Welch ein Blick. Klöden empörte sich stundenlang über diesen Blick: kalt, dreist und herablassend. Als hätte er Ullrich mit diesem Blick getötet, Ullrich der nun, ernsthaft getroffen, schwerfällig geduckt auf seinem Fahrrad saß, vielmehr kauerte als saß, zu keinem Gegenangriff fähig, mit weit aufgerissenen Augen, der Gesichtsausdruck wie der eines schnappenden Fisches, soeben aus dem Wasser geworfen. Fast stehend blieb er zurück, gleich einem einsamen Menschen an einem Bahnsteig, der von einem fortfahrenden Zug aus gesehen wird, alleine stehen gelassen. Von seinen Teamkollegen verlassen. Von aller Welt verlassen. All dies unter den verzweifelten Zurufen der Reporter: *Komm Jan. Komm doch. Bitte!* – und unter den Ullrich-Schreien Klödens im ganzen Haus. Rita war blass vor Schrecken. Armstrong immer schneller. Ullrich kämpferisch, doch aussichtslos. Abgehängt.

Einfach abgehängt. Am Ende eine Minute und 59 Sekunden hinter Armstrong im Ziel. Immerhin Zweiter. Rita sagte nichts. Es herrschte völlige Stille im ganzen Haus.

Die Tour war – für Ullrich – vielleicht schon verloren. Und doch nicht verloren, da die Tour – für Klöden zum Glück – und zu meinem Schrecken – ja weiterging, noch mehr als zwei Wochen. Schon am nächsten Tag fand ein Bergzeitfahren statt. An eine Fortsetzung des Interviews war nicht zu denken. Nicht jetzt. Auf keinen Fall jetzt. Nicht in dieser Lage. Ullrichs Lage wie Klödens Lage. Und Klödens Lage ganz und gar Ullrichs Lage. Nicht in dieser Krise, sagte Klöden spät abends und ließ uns in der Küche sitzen, zog sich in sein Zimmer zurück, offensichtlich mit taktischen Studien und Szenarien für die nächsten Tage beschäftigt.

Über 3000 Kilometer ging die Tour. Tour des Wartens auf ein paar freie Augenblicke Klödens für das Interview. Tortour tagelanger Fernsehübertragungen. Drei Wochen lang. Weit über 3000 Kilometer. Um Frankreich herum, durch Frankreich hindurch. Im Kreis. Im Zick-Zack. Schlimmer noch als jede Autofahrt. Ein Auto fährt wenigstens schneller als ein Fahrrad. Drei Wochen ewigen Fernsehens. In ewiger Monotonie strampeln sie auf ihren Rädern dahin, rollt ihre karge Existenz durch die Fernsehapparate der Welt. Es waren nicht nur ihre, sondern auch unsere – vor allem *meine* Tage! Ich hörte das Wort *Tour der Leiden*.

Völlig zu Recht. Doch niemand schien daraus Konsequenzen zu ziehen. Wir alle blieben sitzen. Auch ich. Auch Rita zu Liebe. Wir alle waren Sitzende. Sitzen gebliebene. Schlimmer noch als auf dem Fahrrad zu sitzen ist es, vor einem Fernseher zu sitzen, stundenlang, um nichts anderes zu sehen, als wie andere auf einem Fahrrad sitzen. »Du hast ja keine Ahnung«, antwortete Rita.

Später erzählte sie, Klöden habe vor zwei Jahren schon einmal Besuch gehabt – ebenfalls eine Wissenschaftlerin. Als er den Fernseher einschaltete, soll er sie gefragt haben: »Sind Sie nun schockiert?« Ihre Antwort: »Nicht schockiert, aber überrascht.« Ein Schriftsteller, der stundenlang Fernsehen schaut. Derartige Zerstreuungen seien nicht ungefährlich. Wenn man sich diese Übertragung anschaue, dann wolle man früher oder später noch weitere Übertragungen sehen. Man komme dann vom Fernsehen nicht mehr los. Woraufhin Klöden geantwortet habe: Aber natürlich. Was denn sonst. Und er fing an, all die Touren, die er noch zu sehen gedachte, aufzulisten: die Tour de France, die Spanienrundfahrt, die Rundfahrt durch die Lombardei, den Giro d'Italia, die Deutschlandtour, die Tour de Suisse und all die anderen Rennen …

Was hätte ich der Universität über Klöden berichten sollen? Dass Klöden Vaihinger kennt. Und dass ich Klöden kenne. Ihn kennen gelernt habe. Dass ich ihn gesprochen habe. Es vielmehr versucht habe. Dass es schwer ist, an Klöden heranzukommen. Zu ihm durchzudringen. Weil er seine Tage vor dem Fernseher verbringt. Dass er unansprechbar ist. Dass er verrückt geworden ist, radsportverrückt ... Ein Fall von Cyclomanie. Dass er morgens früh aufsteht, nicht um zu Schreiben, sondern mit einer Taktik im Kopf, einer Taktik für Jan Ullrich ...

Frühmorgens sitze ich mit Rita in der Küche, fingere an den Kabeln meines Kassettenrecorders und meiner sonstigen Unterlagen, in vorsorglicher Bereitschaft für die Fortsetzung des Interviews, sollte Klöden unerwartet vor dieser oder jener Etappe doch noch die Zeit finden, unser Gespräch fortzusetzen. Auch hoffen wir auf einen Etappensieg für Ullrich. Vielleicht wäre Klöden dann besser gelaunt und nähme sich Zeit für das Interview. Wenn schon kein Etappensieg, so doch wenigstens keine weitere Niederlage. Ich höre gemeinsam mit Rita auf Geräusche von oben. Wenn er herunterkommt, dann bedeutet dies gar nichts. Im Gegenteil. Er kann genauso gut an der Küche vorbeilaufen, in den Garten gehen, um dort einige Runden mit einem Fahrrad zu drehen. Er besitzt mehrere Rennräder. Oder er kommt in der Tat in die Küche. Rita begrüßt ihn. Ich sitze im Hintergrund über meinen Kassettenrecorder gebeugt und fühle mich wie ein unerwünschter Schaulustiger. Oder Radioreporter. Und Klöden fühlt sich womöglich wie ein Tour de France-Fahrer vor dem Start, von lästigen Reportern umlagert, und füllt eine Trinkflasche (Korrektur: Radflasche). Er beachtet mich nicht. Er sieht mich nicht. Nicht einmal Rita. Er ist voll der Taktik und Vorsätze für die Etappe.

Die Pyrenäen. Bestes Wetter. Von Perpignan nach Ax-les-Thermes. Selbst in der Küche hängt eine Landkarte. Klöden zeigt auf die Karte. Er zeigt uns seine Taktik: Wann und wo und wie und mit welchen Helfern Ullrich heute angreifen müsse. *Carpe diem*. Oder er kommt herunter, nur um zu sagen, was Ullrich für ein Mensch sei. Und was Armstrong für ein Mensch sei: ein Puritaner. Ein siegesgieriger cyclomanischer Puritaner. Die Angst sitze ihm im Nacken. Nichts als Angst.

Heimlich lasse ich bei diesen Gelegenheiten den Kassettenrecorder mitlaufen, um vielleicht doch etwas Brauchbares zu erhaschen. Einmal kam er in die Küche und sagte: »*Ich schließe mit dir einen Vertrag ausschließlich zu deinen Lasten und zu meinen Gunsten, den ich halten werde, solange es mir gefällt, und den du halten wirst, solange es mir gefällt.* Wer hat das gesagt?« Er stand in einer Radhose vor uns und fragte erneut: »Wer hat das gesagt?« Henry Ford? Picasso? Armstrong? Oder Klödens Verleger? Ich erwähnte ihn lieber nicht. In einer Werbepause ereiferte er sich über Peter Handkes Roman *Die Angst des Tormanns beim Elfmeter.* »Was soll das? Angst? Was weiß dieser Schreiber von Angst? Was ist diese Angst im Vergleich zur Angst eines Radfahrers, der mit 100 Stundenkilometern einen Alpenpass runterfährt. Oder einen solchen Pass rauffährt …«

Das ganze Haus schien zu vibrieren unter den Schritten Klödens, der in seinem Zimmer auf- und ablief, während Rita und ich unten saßen und Ullrich sahen, im Anstieg eines furchtbaren Passes, umgeben von Teamkollegen und Helfern, die das Tempo hoch hielten. Sie stürzten sich geradezu auf diesen Berg, wie auf eine letzte Hoffnung. Und dann war sie wortwörtlich zu hören, die Stimme Ullrichs, als er über Funk (in seinem Trikot verborgen) dem Teamwagen sowie den Mannschaftskollegen zusprach: *Wir greifen jetzt an.* Klödens Begeisterung war überall zu hören. Ullrich ging aus dem Sattel. Klödens Stimme war über uns. Ullrich verschärfte das Tempo. Klöden verschärfte seine Rufe, seine Appelle. Das Feld riss auseinander. Ullrich in der Tat vorne. Klöden mit ihm auf dem Balkon. Und so ging es minutenlang. Klöden schrie vom Balkon. Ullrich war nun alleine. Nur noch ein Helfer bei ihm. Hinter ihnen – wie ein Unglück – Armstrong. Nicht abzuschütteln. Klöden schrie vom Balkon: *Weiter! Weiter!* Armstrong blieb hinter ihm ... Diesen Berg und den folgenden Berg ... Ullrich gefolgt von Armstrong ... Klöden auf dem Balkon ... Bis Armstrong im Schlussanstieg wieder aus dem Sattel ging und Ullrich mit wenigen, leichtfüßigen Tritten überholte, scheinbar mühelos, und auch diese Etappe gewann ... Unter Klödens Appellen vom Balkon, Appelle nicht nur an Ullrich, sondern an Gott und die Welt ...

Später sagte Klöden etwas Ähnliches wie: Radrennfahren sei ein Kampf, der härteste und unmittelbarste Kampf, härter als jeder Boxkampf, ein Kampf ohne Reden und Ausreden; ein Kampf gegen andere und gegen sich selbst. Die eigene Schwäche erweise sich erst durch die Stärke des anderen – und umgekehrt. Die kleinste Schwäche offenbare sich in furchtbaren Metern und Kilometern als sichtbarste Niederlage.

Niemand brauche mehr Stärke als der Radrennfahrer, der am Berg einem anderen nicht mehr folgen kann. Ein Kampf gegen sich selbst. Als ob man sich selbst unbedingt bekämpfen müsse. »Ja!«, schrie er mich an. »Ich bin unbedingt dafür sich selbst mit allen Mitteln zu bekämpfen!« Und er ereiferte sich wieder über Peter Handkes *Die Angst des Tormanns beim Elfmeter.* »Hat er eine Ahnung!? Hat er irgendeine Ahnung!? Hat er eine Ahnung von Angst!? Oder eine Ahnung vom Fußball!? Geschweige denn vom Radrennfahren!?«

Um ihn zu beruhigen, schlug ich eine Radtour vor. Klöden stand elektrisiert. »Eine Radtour!?« Es war neun Uhr abends. Er holte sogleich zwei Rennräder aus dem Keller, eines für mich und ein zweites für ihn selbst. Zeigte bedeutungsvoll auf den Rahmen: *Simonelli.* Dann zog er sich um. Kam die Treppe hinab, o-beinig, in speziellen Radlerschuhen, in denen er mehr rutschte als lief. Stand in einem leuchtenden Trikot vor mir. Aus Italien. Er trug eine Radmütze, eine Radbrille, Handschuhe, Pulsmesser und andere Accessoires. Er wirkte in der Tat wie ein gealterter Radprofi, leibhaftig dem Fernseher entstiegen. Seine braungebrannten Arme und Beine verstärkten diesen Eindruck. Er mahnte mich zur Eile. Warf mir ein groteskes Trikot zu, auf dem die Worte *Domo – Farm Frites* standen, offenkundig das Trikot eines niederländischen Radteams, das ich anziehen sollte. Klödens Zimmer wirkte wie ein Fundus der Tour de France, voller Trikots – soeben dem Fernsehen entrissen. Er fuhr ungeduldig im Garten im Kreis. Schickte Rita, um mich zu holen. Sie gab mir Radlerschuhe. Ähnliche Schuhe wie die, die Klöden bereits trug. Nur mit Mühe kam ich die Treppe herunter. Rita hielt das Fahrrad und half mir beim Aufsteigen. Fast wäre ich auf der anderen Seite wieder heruntergefallen, wenn nicht Rita … Kein Fahrrad meiner Kindheit hatte ich derartig wackelig in Erinnerung: wackelig, bockig, unhandlich, unheimlich … Trotz *Simonelli*. Der Rahmen war mir keine Hilfe. Wir fuhren die Straße entlang. Klöden umkreiste mich mal von links, mal von rechts, wie ein überdrehter Hund einen lahmen Spaziergänger. Ich bedachte die Schuhe, die Klöden mir gegeben hatte. Sie waren mittels eines Klickverschlusses an die Pedale geeist. Trotz heftiger Bewegungen war es nicht möglich, die Schuhe von den Pedalen zu reißen. Ich war festgeschraubt und fragte mich, wie ich von dem Fahrrad wieder herunterkommen sollte. Ich fragte dies auch Klöden, der mir nicht antwortete. Er bog nach rechts ab, dann nach links, über Bahngleise hinweg, einen Berg hinunter, einen Berg hinauf, einen weiteren Berg hinauf, und noch einen Berg hinauf. Ich konnte ihm nicht mehr folgen. Auch nicht mehr antworten. Oder ihm nachrufen: *So warten Sie doch!* Ich konnte nicht einmal absteigen – die Schuhe! Ich war der Gefangene eines Fahrrads, an das ich buchstäblich gefesselt war. Auch der Gefangene Klödens. Wie ein Choleriker fuhr er die Berge hinauf: ein radfahrender Wutausbruch. Er fuhr nicht, er stürmte, er stürzte sich in die Qualen des Aufstieges hinein. Mit seinem ganzen Gewicht trat er in die Pedale. Die Tritte stetig schneller und heftiger –

wie hämmernde Fäuste. Irrsinnig vor Kraft und Wut schrie er sich und mich und später Jan Ullrich und andere den Berg hinauf. Und wieder hinab. Und denselben Berg nochmals hinauf. Wenn er oben war, dann war ich noch weit unten. War er wieder unten, war ich kaum weiter gekommen. War er wieder bei mir, dann sprach er Englisch, in der Stimme Lance Armstrongs, die mir in den Rücken stieß: *I am coming! I am coming ... to get you!* Armer Ullrich. Für einen Moment blieb er an meiner Seite. Dann fuhr er davon. Mal war ich Ullrich und er Armstrong. Dann wieder ich Armstrong (welch eine Farce) und er Ullrich. Er zeigte mir, wann und wo und wie Ullrich Armstrong attackieren könnte. Vielleicht schon morgen. Nach all den Jahren. Er zeigte es mir nochmals. Und noch einmal. In zahlreichen szenischen und gestischen Variationen: Er kam (als Jan Ullrich) von hinten und fuhr lächelnd an mir vorbei. Oder fuhr im Wiegetritt davon und warf mir einen eisigen Blick zurück: *So long, Mr. Armstrong!* Oder fuhr an meiner Seite, scheinbar um mich aufzumuntern, und steigerte kontinuierlich das Tempo. Oder, der Gipfel von all dem, er bat mich, ich möge ihn angreifen, jetzt, auf der Stelle, aus dem Nichts, ohne Vorwarnung, im Wiegetritt in die Pedale gehen. Wie hätte ich das tun sollen? Ihn angreifen!? Ich konnte mich kaum mehr auf dem Fahrrad halten. *Bitte! Come on!* All dies im ewigen Anstieg eines Berges, den wir unzählige Male hoch und runterfuhren, in immer weiteren Szenarien und Szenen künftiger Tour de France-Etappen. Es war bereits dämmrig und wurde immer dunkler. Ich konnte nicht einmal mehr klar sehen. Mir wurde schwindelig. Mir war schlecht. Ich atmete wie ein Ertrinkender. Ich konnte nicht absteigen. Ich bewegte mich nur noch schlangenlinienförmig, in ruckartigen Konvulsionen. Das Fahrrad schwankte. Wie in Zeitlupe kippte ich samt Fahrrad in einen Graben. Ich schloss meine Augen, friedlich und erleichtert, als fiele ich in ein behagliches Bett …

Gedanke im Fallen: Im Mittelalter wurden Menschen zur Strafe auf Räder gefesselt, die man Abhänge herunterrollen ließ. Deshalb das Wort Fortunarad. *Wheel of Fortune.* Heute ist es umgekehrt. Heute werden Menschen auf Fahrräder gefesselt, nicht um sie einen Abhang herunterrollen zu lassen. Vielmehr fesseln sie sich freiwillig, um sich aus eigener Kraft die Berge hinaufzuquälen. Nur ein Gedanke im Fallen …

Einige Tage hütete ich das Bett. Oder vielmehr hütete Rita mich im Bett. Ich hatte eine Gehirnerschütterung, Schürfwunden, vor allem aber einen derartigen Muskelkater, dass ich Mühe hatte, mich von einer Seite auf die andere Seite zu legen. Selbst die Bettdecke war mir schwer. Rita war sehr besorgt und auch fürsorglich. Sie behandelte meine Schürfwunden mit einer Salbe. Sie massierte meine Beine, besonders meine stechenden Waden. Sie kochte mir viele kleine und große Wünsche. Oder setzte sich zu mir ans Bett, einfach so. Im Fernseher, der an mein Bett gestellt wurde, sahen wir die rasende Abfahrt Jan Ullrichs vom Col de Peyresourde. In halsbrecherischem Tempo fuhr er die Passstraße hinab, gefolgt von Armstrong. Ullrich raste auf eine Kurve zu, viel zu schnell, versuchte noch zu bremsen, zu spät, steuerte mit letzter Not an einer Leitplanke vorbei und stürzte kopfüber in eine kleine Schlucht, in einen Bach. Eine Wolke aufwirbelnder Erde und Gräser – dann war er nicht mehr zu sehen. Dem Fernsehbild entschwunden. Fassungslose Stille. Woraufhin wir, unmittelbar nach Ullrichs Sturz, Klödens Sturz hörten, gleich mehrere Stürze hintereinander: das Fahrradergometer herunter, die Treppe hinab, in unser Zimmer hinein ... »Fernseher aus!«, schrie er. »Es ist aus. Alles aus!« Er riss das Kabel aus der Steckdose. »Vorbei. Die Tour. Der Sommer. Ein ganzes Jahr.« Er lief in Selbstgesprächen. »Vorbei und aus. Ein Jahr, zwei Jahre, eine Karriere, ein Leben.« Der Fernseher blieb aus. Klöden schilderte uns – fast weinend – was nun kommen würde: ein Krankenwagen, Schaulustige, furchtbare Knochenbrüche, ein Rettungshubschrauber, reines Entsetzen, die Unterbrechung der Übertragung, Sondersendungen, die Tagesschau, Tage der Ungewissheit, Operationen, Streckverbände, Schrauben, Fixateure ... Im Stakkato seiner schlimmsten Vorstellungen gesprochen. Wir sollten es nicht sehen. Wir sollten es bitte nicht sehen. Er selbst sah es genau vor sich, im Zeitraffer endloser Sendungen und Reportagen ... Er verließ das Zimmer und lief im Garten umher. Um später Rita zu bitten, den Fernseher (sehr leise) doch einzuschalten, um so schonend wie möglich einen ersten Eindruck von dem Unfall zu bekommen. Er selbst wartete draußen vor der Tür. Wir sahen, als wir den Fernseher wieder einsteckten, Ullrich völlig unversehrt auf dem Fahrrad. So als wäre der Unfall gar nicht passiert. Eine optische Täuschung. Nur sein Trikot zeigte Spuren von Gras und Erde. Er verfolgte – wieder in haarsträubendem Tempo – Armstrong, und Klöden, davon in Kenntnis gesetzt, ging wieder nach oben, in sein Zimmer, so als wäre er, selbst gestürzt, wie durch ein Wunder unversehrt geblieben, und würde nun wieder auf sein Fahrrad steigen und weiterfahren: in die Schlussphase der Übertragung einer weiteren Etappe der Tour de France.

Was sonst hätte Klöden schreiben können oder schreiben sollen als einen Fahrradroman. Mehr als nur einen, gleich mehrere miteinander versponnene Fahrradromane. Ich fragte Rita, wann Klöden eigentlich das Schreiben aufgegeben hatte, und sie erwiderte – ziemlich ungehalten –, dass Klöden nicht der Mensch sei, der irgendetwas aufgebe, schon gar nicht das Schreiben. Und sie fragte mich: Wenn Klöden kein Schriftsteller mehr sei, wer denn dann!? Sie fragte noch einmal. »Wenn er kein Schriftsteller ist, wer dann!?« Ich sagte lieber nichts. Später fragte ich sie: Was er denn – außer ungesendeten Briefen – schreibe? Ihre Antwort: Romane. Woraufhin ich nicht ohne Ironie nachfragte: Fahrradromane? Und sie allen Ernstes antwortete: »Jawohl, Fahrradromane.« Es gebe so gut wie keine Fahrradromane. Klöden habe lange recherchiert, sogar eine wissenschaftliche Abhandlung zu diesem Thema gefunden: »Cyclomanie: Fahrrad und Literatur um 1900.« Von Elmar Schenkel. Erschienen im Literaturwissenschaftlichen Jahrbuch. Sie erwähnte auch Arthur Conan Doyles Erzählung *The Adventure of the Solitary Cyclist.* Aus dem Jahr 1904. Ich fragte – wieder ironisch –, ob Klöden denn daran denke, eine Jan-Ullrich-Biographie zu schreiben, und sie antwortete sofort: Ja, daran denke er schon die ganze Zeit. Fast scheint es mir, als gipfle Klödens Besessenheit mit Jan Ullrich (warum gerade Ullrich und kein anderer?) in homoerotischer Zuneigung, wenn nicht in reiner Liebe.

Bei einer anderen Gelegenheit fragte ich, wann und wie Klöden das Fahrradfahren eigentlich entdeckt hatte. Ihre Antwort: Aus reiner Not. »Aus reiner finanzieller Not.« In früheren Jahren war Klöden manchmal noch eingeladen worden, in Büchereien aus seinen Büchern zu lesen, zögerliche, geradezu widerwillige Einladungen, die ohne Überzeugung, geschweige denn Anteilnahme ausgesprochen wurden. *Wenn es denn unbedingt sein muss* – so der Unterton dieser Einladungen. Von einem Honorar war selten die Rede. Auch nicht von einem Fahrtgeld. Ein paar wenige gekrümmte Zuhörer, die sich bereit finden würden, der Lesung überhaupt beizuwohnen, schienen den Veranstaltern bereits Lohn genug. Klöden fuhr dann – schon aus Protest – oder weil er gar nicht anders konnte – für Fahrkarten fehlte das Geld – mit dem Fahrrad. Zunächst nur kürzere, mit der Zeit immer längere Strecken. Manchmal brach er frühmorgens auf und fuhr den ganzen Tag 100 Kilometer zu irgendeiner Lesung. Unterwegs stieg er manchmal vom Fahrrad und telefonierte – aus Nervosität und Verunsicherung – von Telefonzellen aus mit dem Veranstaltungsort. Um noch einmal alles zu bestätigen: Ob die Lesung wirklich stattfinde? Und er bestätigte seine eigene pünktliche Anreise. Er komme mit dem Fahrrad. Man ging darauf kaum ein. *Wenn es unbedingt sein muss.* So der Unterton ihrer Antworten. Wenn es denn unbedingt sein muss: das Lesepult, die Stehlampe, der Telefonanruf, die Lesereise, die Lesung überhaupt, die ganze Schriftstellerei ... Wenn es denn unbedingt sein muss. Wenn er dann – aus Neugierde – fragte, wie viele Zuhörer sich zu seiner Lesung angemeldet hatten, antworteten sie zunächst ausweichend, und dann ganz offen: So gut wie niemand. Was heißt *so gut*? Es hieß: niemand! Kein einziger Mensch! »Wenn Sie es genau wissen wollen.« Dann sagte man ihm, so als wollte man alle Schuld von sich weisen, dass die Veranstaltung sehr wohl angekündigt worden sei, in der Zeitung, auf Plakaten, in Geschäften, selbst im Schwimmbad ... An mangelnder Werbung könne es nicht gelegen haben. Man sprach bereits in der Vergangenheitsform. Und deutete an, woran es wirklich gelegen habe: an der Lesung selbst. An den befremdlichen Titeln seiner Bücher. An der Unbekanntheit des Autors. An der bloßen Idee, überhaupt öffentlich aus solchen Büchern (oder aus irgendwelchen Büchern) lesen zu wollen. An diesem Ort. An diesem Abend. Oder auch an jedem anderen Ort und jedem anderen Abend. Was soll das? Lesereise? Mit dem Fahrrad? Man sprach es nicht offen aus, aber insgeheim sagte man es und sprach damit all jenen aus den Herzen, die zu der Lesung nicht kommen würden.

In der Physik, erklärte mir Rita, existiert der Begriff der kritischen Masse. In der Lesekunst steht demgegenüber der Begriff der kritischen Nicht-Masse. Ab einer bestimmten Zahl (oder besser) Nicht-Zahl oder Unzahl von Publikum kann sich keine Lesung mehr entzünden. Ein großer Raum – manchmal sogar ein Saal – und nur fünf Zuhörer. Vier oder fünf Zuhörer. Mehr kamen zu Klödens Lesungen nicht. Ab vier oder fünf Zuhörern, so Rita, beginnt die kritische Nicht-Masse, die kategorische Unmöglichkeit einer gelingenden Lesung. Mit Schrecken fuhr Klöden auf dem Rennrad seinen Lesungen entgegen.

Oftmals stand Klöden stundenlang – in voller Fahrradmontur – in einer Telefonzelle über Telefonbücher gebeugt und wählte die Nummern der Einwohner jener Städtchen, in denen er abends lesen würde. Er wählte diese Nummern beliebig, dem freundlichen Klang einzelner Namen folgend, auch dem Klang von Straßennamen. Teils telefonierte er unter seinem richtigen Namen, teils in der Rolle entfernter Nachbarn, teils im Namen des Rathauses: *Kommen Sie unbedingt zu dieser Lesung … Es liest Klöden … Klöden … Sie kennen ihn nicht …? Haben Sie das Plakat nicht gesehen …? Es hängt auch im Schwimmbad … Er liest aus seinem Buch … Er kann auch aus seinem anderen Buch lesen … Wie Sie wollen … Eine Lesereise … Eine Abschiedsreise … Die letzte Gelegenheit … Das letzte Mal … Für immer …*

Klödens Lesereisen waren demnach Schreckensreisen. Rita zeichnete mir Schreckensbilder leerer Säle. Es standen oft nicht einmal zehn Stühle. Die Veranstalter standen achselzuckend. Oder hantierten klimpernd an ihren Kassen. Spöttische Münzgeräusche. Nicht selten sagten die Veranstalter, dass sie *leider* den Lesungen selbst nicht beiwohnen könnten – aufgrund dringender anderer Verpflichtungen. Klöden kannte diese Verpflichtungen nur zu gut: UEFA-Cupspiele, Länderspiele, Pokalspiele – durchgehende Serien der Entschuldigung, an seinen Lesungen nicht teilnehmen zu müssen. Auch deshalb Klödens Hang zum Radsport! Als Gegengewicht zu den Ausreden so vieler Veranstalter.

Manchmal wurde er vor einer Lesung von dem Veranstalter gefragt, was er denn lese? Welch eine Frage. Es stand ja auf den Plakaten, die nirgendwo zu sehen waren. Was er lese? Er wusste es selbst nicht – mehr. Am Lesepult angekommen, wusste er es immer noch nicht. Wie ein Ertrinkender griff er nach seinen zwei Büchern, räusperte sich, nickte ins Publikum, fing an zu lesen …

»Wo früher noch gelacht wurde«, sagte Rita, »da herrschte nun Schweigen. Keine freundlich-aufmunternden Blicke mehr. Keine Spur von Wohlwollen. Nichts bewirkte mehr ein Mitfiebern oder Lächeln. Als ob die schönsten Passagen seiner Bücher sich verwirkt hätten – verbraucht, verblichen, verstorben.«

Mitten im Satz wechselte Klöden oftmals die Bücher: Las einen Satz aus dem ersten Buch, dann wieder einen Satz aus dem zweiten Buch, und wieder einen Satz aus dem ersten Buch, und so weiter ... Er las auch viel zu schnell. Ihm selbst kam seine Stimme leblosverwaschen vor. Einmal unterbrach er seine Lesung und sagte, dies sei seine letzte Lesung, seine Abschiedslesung. Er selbst war sich in diesem Augenblick sicher, nie wieder öffentlich zu lesen.

Nach den Lesungen ließ man Klöden nicht einmal gehen. Man bohrte in seinem Schmerz herum. Ob er auf ein Glas Bier mitkomme? In ein Gasthaus. Warum er so leblos gelesen habe? Warum seine Texte so düster seien? Gelegentlich gab er Antworten: Es sprach die knirschende Mechanik herabgesunkenen Esprits. Seine Antworten entsprangen völliger Ermüdung. Abgenützte Zitate seiner selbst. Ob man denn von der Schriftstellerei leben könne? »Wie bitte?« Ob man von der Schriftstellerei leben könne? Was für eine Frage.

Die meisten Lesungen erlebte Klöden wie Tunnelfahrten – schattenhaft, voll starrblickender Beklommenheit. Oder wie Ohnmachtsanfälle. Nach den Lesungen konnte er sich an das Grauen nicht mehr richtig erinnern. Er stieg auf sein Rennrad und fuhr nach Hause, ohne sich zu erinnern. Kein Applaus. Oder wenn Applaus, dann als Ausbruch der Erleichterung über das Ende qualvoller Abende. Manchmal kamen nur ein oder zwei Zuhörer. Klöden fragte dann, aus reiner Höflichkeit, ob die Lesung überhaupt stattfinden soll? – eine Frage, die man gierig nickend entgegennahm. Ja, besser keine Lesung. Man war sich sofort einig. Und verließ in schönstem Einvernehmen den Ort der umgangenen Lesung.

Immer öfter trat Klöden, auch um die Zuhörer aufhorchen zu lassen, in voller Fahrradmontur vor das Publikum: in den Trikots professioneller Radsportteams, z. B. Gerolsteiner, Festina oder in den Magentafarben von Team Telekom, völlig verschwitzt, teilweise auch ölverschmiert, nach einer Panne; oder mit Schürfwunden an Armen und Beinen, wenn er gestürzt war. O-beinig trat er ans Lesepult – in der Tat wie ein Radsportler, ein Tagessieger, der auf einem Podest geehrt wird, am Ende einer schwierigen Etappe. Ein Blumenstrauß. Das gelbe Trikot. Links und rechts zwei attraktive Frauen, die ihn küssen. Ein verlegener Blick ... Mit derartigen Bildern trat Klöden in seine Lesungen. Das Publikum bemerkte dies nicht einmal wirklich. Sie starrten unbeteiligt vor sich hin. Oder durch ihn hindurch. Nie die Frage: Was das zu bedeuten habe? Ob er wirklich mit dem Fahrrad angereist sei? Warum er den weiten Weg mit dem Fahrrad gekommen sei? Ob er nicht hungrig, durstig, müde, völlig erschöpft sei? Offensichtlich sahen sie Klödens Aufzug als schriftstellerische Laune oder Spinnerei. Sie gähnten mit ihm, wenn Klöden im Verlauf seiner eigenen Lesungen anfing zu gähnen, aus reiner Erschöpfung. »Gibt es noch Fragen?« Es gab so gut wie nie Fragen, höchstens Fragen zum Konjunktiv. Oder absichtlich kränkende Fragen wie: Ob er auch lesbare Bücher geschrieben habe? Oder ob das Gelesene autobiographisch sei? Keine Frage, ob die äußeren Umstände seines Auftretens autobiographisch seien. Ob die Anreise mit dem Fahrrad autobiographisch sei? Oder wie er nach der Lesung wieder nach Hause komme? Mit dem Fahrrad? In der Tat mit dem Fahrrad. »Denken Sie darüber einmal nach!«

»Niemand konnte verächtlicher über seine Bücher sprechen als Klöden selbst«, sagt Rita. Nicht zuletzt um dem Publikum zuvorzukommen. Vorauseilender Gehorsam. Selbstzerfleischung. Oftmals eröffnete er einen Leseabend mit einer persönlichen Erklärung, in welcher Notlage er sich befinde: Hier in aller Öffentlichkeit aus Texten zu lesen, die er mittlerweile für misslungen hielt. Mehr als misslungen: missraten! Er entschuldigte sich im Voraus für die zahlreichen stilistisch-literarischen Schwächen. Wie ein Unglück (Hiobsbotschaften) sprängen sie ihm beim Lesen ins Gesicht. Oder wie grimassierende Spiegelbilder seiner selbst. Solche Entschuldigungsreden (Entschuldigungsorgien) gingen oft bis zu einer halben Stunde. Er hoffte wohl, den Beginn der Lesung so weit wie möglich hinauszuschieben, die Lesung vielleicht sogar umgehen zu können. Er wurde nicht müde zu sagen: Wie schlecht die Texte seien, schlecht geschrieben, schlecht komponiert, schlecht gemeint … Einmal fragte ihn ein Zuhörer, warum er die Texte nicht umschreibe. Klöden antwortete: »Das habe ich gemacht, die ganze Zeit habe ich das gemacht, aber dadurch ist alles noch viel schlimmer geworden.« Kein Stein stand mehr auf dem anderen, wenn Klöden schließlich anfing zu lesen. Das Publikum saß verstört. Es hörte nicht mehr zu. Er hatte es längst verloren. So quälten sich die Lesungen dahin, in wechselseitigem Naserümpfen und Misstrauen. Nicht einmal das Fahrradtrikot fand Beachtung. Womöglich wurde es gar als billige Ausrede betrachtet. Was blieb, war die stille Vorfreude auf die Rückreise mit dem Fahrrad, selbst in der Nacht.

Es kam immer öfter vor, dass Klöden wenige Kilometer vor einer Lesung einfach wieder umkehrte, aus reiner Lust am Fahrradfahren sowie aus wachsendem Widerwillen gegen die Lesungen selbst, gegen das wechselseitige Phlegma, das er sich und seinem Publikum ersparen wollte. Oder er fuhr weiter, an dem Ort der Lesung vorbei, winkend hindurch und nutzte die Gegend zu ausgiebigen Touren. Zu einer Lesung in St. Gallen kam er nie an, weil er die Gelegenheit einer Alpenüberquerung nutzte. Manchmal machte er auch kehrt, um Schriftstellerfreunde zu besuchen: z.B. Arnold Stadler in Rast (oberhalb des Donau-Radwegs) oder den Dichter Walle Sayer in Dettingen bei Horb (oberhalb des Neckar-Radwegs) oder José Oliver in Hausach (am Kinzigtalweg) oder Martin Gülich in Freiburg (am Rheintalweg).

Seit geraumer Zeit schwebt ihm das Projekt eines Radrennens vor, ein Rennen unter Schriftstellern, unter der Aufsicht eminenter Kritiker und Verleger, die als Juroren fungieren sollten; eine *tour de force* über mehrere Etappen, mit einem Zeitfahren und einer

Bergankunft als Schlusspunkt. Die Pläne dazu liegen auf seinem Schreibtisch. Wie bei großen Radrennen soll es mehrere Wertungen geben: einen Gesamtsieger, den besten Sprinter, den besten Bergfahrer – und eine Wertung für den angriffslustigsten Fahrer. Ich bin mir sicher, Klöden würde all diese Kategorien gewinnen. »Ist es nicht aufrichtiger und auch kurzweiliger«, soll Klöden gesagt haben, »sie gegeneinander fahren zu lassen als sie gegeneinander schreiben zu lassen.« Die Gewinner dürfen einen Roman bei Suhrkamp veröffentlichen. Das Rennen findet bereits statt, nicht nur in Klödens Plänen, nicht nur in Klödens Kopf, sondern auch in einem Roman, an dem er bereits seit Monaten schreibt. Rita erzählte mir von zahlreichen Episoden und Autoren, die darin vorkommen sollen: im Peloton, im Besenwagen, oder am Berg, nach Luft schnappend, Klöden verfluchend.

Nur ein Lesungsort, zu dem Klöden mit dem Fahrrad reiste, erkannte sofort die Leistung. Der Bibliothekar reichte ihm ein Handtuch. Fragte ihn, ob das Fahrrad sicher stehe? Ob er es nicht lieber hoch, in die Bücherei nehmen wolle? Fragte ihn vor allem anderen: Mit dem Fahrrad sind Sie gekommen? Den ganzen weiten Weg? Setzen Sie sich doch. Und man reichte ihm sofort etwas zu trinken. Klöden las an diesem Abend nur ein einziges Kapitel, dann fragte ihn das Publikum über seine Anreise. Welche Berge er genommen habe? Welchen Steigungsgrad sie hatten? Mit welcher Schaltung Klöden fahre? Wie viele Ritzel vorne? Wie viele hinten? Wie viel Kränze der Zahnkranz?

Und man stellte mitten in die Bücherei einen großen Tisch und saß bald um ein deftiges Vesper mit Wein und unterhielt sich über die hohe Kunst des Fahrradfahrens: Wann Richard Virenque welche Etappe gewonnen habe? Wo er wohne? Wie er trainiere? Und so ging es bis spät in die Nacht. Man bereitete ihm ein Bett in der Bücherei. Die Bücherei befindet sich in Merdingen, dem Wohnort von Jan Ullrich. Spät nachts torkelte Klöden mit dem Bibliothekar betrunken durch den Ort. Klöden fragte: *Wo wohnt Er eigentlich?* Sie liefen eine Weile, dann zeigte der Bibliothekar auf ein Haus: *Da wohnt er.* Da wohnte er. Kein Gerücht, keine Fiktion. In dem Haus brannte sogar Licht. Dann gingen sie wieder zurück. Am nächsten Morgen versicherte man Klöden, man werde ganz bestimmt seine Grüße an Ullrich ausrichten, an Ullrich persönlich!

Sie fahren mit ihm, mit Ullrich durch die Tour de France, Klödens Grüße …

Völlig überraschend, aus dem Nichts, lag eines Morgens ein Brief von Klödens Verlag im Briefkasten – etwa vor einem Jahr. Klöden sei außer sich gewesen: vor Erleichterung und Freude; später dann vor lauter Angst. Er wollte den Brief nicht öffnen. Auch Rita durfte ihn nicht öffnen. Er rechnete mit harschen Gegendarstellungen und Vorhaltungen. Gegendarstellungen wogegen? Vorhaltungen wofür? »Das fragte ich ihn auch«, sagte Rita. Klöden dachte wohl an seine eigenen ungesendeten Vorhaltungen. Als ob die Aura seiner ungeschickten Briefe sich dem Adressaten unterschwellig-atmosphärisch mitgeteilt haben könnte. Als ob der Sturm seiner inneren Wutausbrüche sich auf Umwegen hätte herumsprechen können. Wohlwahr, kein einziger seiner zahllosen Briefe wurde je abgeschickt, doch das Schweigen sei eisig. Zumindest überdeutlich. Klöden rechnete ernsthaft mit Vorhaltungen, alleine dafür, dass er von einem bestimmten Punkt an, von einem bestimmten Datum ab nichts mehr von sich hören ließ, nachdem er die ständigen Briefe, die er schrieb, nicht mehr abschickte, obgleich es der Verlag war, betonte Rita immer wieder, der Klöden eine Antwort schuldig war. Mehr als eine Antwort. Viele Antworten. Auch Antworten auf finanzielle Fragen. So lag der Brief des Verlags fast eine Woche ungeöffnet. Klöden rechnete mit allem Möglichen: mit kleineren Spitzen bis hin zu fürchterlichen Generalabrechnungen. Er machte sich sogar Notizen für Repliken. Repliken auf einen Brief, der noch gar nicht geöffnet war. Die Repliken lasen sich wie Verteidigungsreden. »Wofür«, rief Rita, »sollte sich dieser Mensch verteidigen? Wofür?« Klödens Mutmaßungen über die Generalabrechnung dieses Briefes seien in dieser Zeit ins Wahnhafte gegangen. Er glaubte im Dorf, hinter einer Bushaltestelle, den Verleger gesehen zu haben. Zumindest seine Stimme gehört zu haben. Er wähnte sich von ihm auf einem Rennrad verfolgt, fuhr in einem mörderischen Tempo 150 Kilometer am Stück. Versuchte ihn an einigen furchtbaren Steigungen abzuschütteln. Kam spät nachts wieder zurück. Wollte am nächsten Tag weitere Fluchtfahrten unternehmen …

Sie hielt es nicht mehr länger aus. Sie ging auf sein Zimmer und hat den Brief einfach geöffnet. Keine Abrechnung. (Auch keine finanzielle Abrechnung, die der Verlag ihm schon seit Jahren schuldete). Kein böses Wort. Kein einziges Wort an Klöden persönlich. Der Brief war ein Rundschreiben, in dem das literarische Programm für das nächste Jahr angekündigt wurde. Von Klöden war in diesem Programm keine Spur. Als Rita ihm den Brief schließlich zeigte, war er fast erleichtert.

Ich kehre also nach Hause zurück ohne eine Botschaft, ohne eine Essenz, ja, ohne eine Ahnung, wie man Klöden einordnen könnte. Welcher Strömung oder Schule oder Begrifflichkeit sollte ich ihn zuordnen: Realismus? Neorealismus? (wohl kaum). Klassische Moderne? Postmoderne? Begründer einer neuen literarischen Gattung: *der Fahrradroman, noveau roman cyclisme.* Ohne Zweifel ein hervorragender Fahrradfahrer. Ein Radsportverrückter. Cyclomane. (Unbrauchbarer Begriff). Fahrradromancier? (unbrauchbar) Die Fahrradromane sind noch gar nicht geschrieben. *Ein Schriftsteller, der nicht dem Alkohol, sondern dem Fahrradfahren verfiel* (vielleicht ein Satz für eine Fußnote). Bis zur Besinnungslosigkeit betrinkt er sich mit Fahrradtouren. Einmal kippte er nachts, nach über 250 Kilometern ohne eine einzige Rast, vom Fahrrad in einen Graben. Er war eingeschlafen.

Fahrradtouren ist das falsche Wort. Rita hat mir dessen Gebrauch untersagt. Klöden benutzt das Wort

Fahrradballade. Radtouren sind für ihn Fahrradballaden. Nichts sonst! Wie im Französischen: *balade à vélo*. Oder auch: *balade en vélo*. »Wie Recht die Franzosen damit haben. Wie Recht!« – meint Klöden.

Selbst für eine kurze Fußnote ist das Material ziemlich dürftig: Klöden der Schriftsteller ... Der Schriftsteller Klöden ... Sicher, ja, doch ist er völlig unbekannt. Nur zwei Buchveröffentlichungen – beide Bücher sind überdies längst vergriffen. Um ehrlich zu sein, Klödens Bücher sind wirklich kaum verständlich, geradezu unverständlich, fast unlesbar. Rita bestreitet dies: »Sie sind sehr wohl lesbar! Von niemandem fühle ich mich besser verstanden als von seinen Büchern.« Wie dem auch sei. Klöden ist ein unbekannter Schriftsteller, auch wenn, sagt Rita, es gerade Schriftsteller sind, die den Schriftstellerkollegen Klöden sehr schätzten. Sie nannte mir einige Namen, die mir völlig unbekannt sind – andere Gestalten wie Klöden. Rita hielt mir meine Gleichgültigkeit, ja mein Unverständnis der Literatur vor. Es stimmt, es ist paradox, doch für Literatur hat die Literaturwissenschaft nicht viel übrig.

Es bleiben die Essays. Klöden nennt sie Denkversuche. Essays, in denen der Name Hans Vaihinger auftaucht. Es läuft alles auf den Umstand hinaus, dass Klöden Vaihinger kennt und ihn gelesen hat. Nur das ist wichtig. Und es bleiben einige markante Sätze und Denkfragmente aus dem Interview. Um die Wahrheit zu sagen: Ich brauchte dieses Interview nicht. Oder nicht mehr länger. Je länger ich darüber nachdachte, umso weniger dringend brauchte ich es. Es bleiben einzelne Sätze, die mich begeistert haben: *fictio figura veritatis*. Es bleiben kryptische Formulierungen wie die auf dem Einband seines zweiten Buches: *Herrmann Klöden ist Autor zahlreicher unveröffentlichter Romane* – die ich nicht zu lesen bekam, die größtenteils längst verworfen oder im Müll verschwunden sind. Es bleibt die Radsportmanie, die keine Fachzeitschrift interessieren wird. Nicht einmal das Wort Fahrradballade. Es bleiben die ungesendeten Briefe an den Verlag. Was sonst könnte man sagen? Klöden der Schriftsteller … Der Schriftsteller Klöden … Dem Gestus nach ist er der erklärte Anti-Schriftsteller. Gebärdet sich als bekennender Fernsehschauer. Weiß nicht, wer Brecht ist – behauptet es jedenfalls. Wen interessiert das. Streng genommen ist sein Leben uninteressant. Ein Leben ohne Höhe- oder Wendepunkte. Eher ein Innen- als ein Außenleben. Wie seine Bücher. Ein Leben ohne Handlung. Geradezu handlungslos. Alles in und um Klöden verfällt früher oder später in einen Zustand zählebiger Handlungslosigkeit. Die einzige Handlung ist das Fahrradfahren. Selbst meine Aufzeichnungen zu Klöden sind ohne Handlung, ohne Linie, ohne eine Idee … (abgesehen von der Idee des Rades). Und doch vergesse ich nicht den Satz Ritas, die mir entgegenhielt: »Vergiss nicht, du schreibst über einen Menschen.«

Verstiegenheit ist das Wort. Klöden ist ein lebenslänglich Verstiegener: Die Verstiegenheit eines Bergsteigers, der in eine Wand steigt und sich mit der Zeit immer mehr versteigt, je mehr er seiner verstiegenen Lage zu entsteigen versucht. Es gibt kein vor und kein zurück. Kein einziger Ruhe- oder Rastpunkt. So hängt er in den Seilen, ohne Ausweg, ohne Hilfe, allenfalls von Ferngläsern aus entfernten Liegestühlen betrachtet.

Ich höre, wenn ich an Klöden denke, die Stimmen meiner eigenen Warnungen, nicht so zu enden wie er. In Abwandlung eines alten Slogans, betrachte ich mich mit grimmiger Sorge und den Worten: *Am Ende bin ich der, vor dem ich mich selbst immer gewarnt habe.* In manch schlimmer Nacht sehe ich mich bereits wie Klöden, bin ich bereits Klöden, promoviert, abgedriftet, Schriftsteller, in der Schriftstellerei noch mehr geknechtet als an der Universität, der Welt ausgeliefert, von ihr belächelt, ausgesondert und abgesondert, ohne Rückhalt und Legitimation, ohne Einkommen und Auskommen, ohne Hoffnung, ratlos über mich und die Welt geworden, dem Fahrradfahren als einzig verbleibender Bewegung verfallen. Die größte Illusion: Der Glaube, in der Literatur gehe es menschlicher zu als in der übrigen Welt.

Das Interview mit Klöden war nicht fortzuführen. Auch nicht nach der Schlussankunft der Tour de France in Paris. Es folgten Eintagerennen und kleinere Kriterien. Oder er putzte stundenlang die Bestandteile seiner Rennräder. Eines Abends fragte er mich, ob ich, bevor wir unser Interview fortführten, bereit sei, ihm ein Interview mit Jan Ullrich zu ermöglichen. Wie stellte er sich das vor? Er bat mich allen Ernstes nach

Merdingen zu reisen und dort bei Ullrich nachzufragen, nicht nur ob er zu einem Interview mit dem Schriftsteller Klöden bereit sei. Ich sollte ihn überdies für die beabsichtigte Ullrich-Biographie begeistern – ihn zumindest davon in Kenntnis setzen. Wenigstens gewährte er mir Einblick in einige – wenn auch wieder verworfene – Notizen. Notizen zu einer postmodernen Ullrich-Biographie. *Tour der Lebkuchen.* Oder: *Ein Hungerkünstler.* Radrennfahrer sind in der Tat Hungerkünstler. Oder: *Ein moderner Falstaff.* Auch Notizen zu dem Verlauf künftiger Touren: *Wie Phoenix aus der Asche* … Möglicherweise könnte man eine kleine Veröffentlichung über Klöden mit der Formulierung bestreiten: *Herrmann Klöden, der designierte Biograph Jan Ullrichs* …

Was ich über Klöden weiß, weiß ich von Rita, und weiß immer noch nicht, in welchem Verhältnis sie zu ihm nun steht: in einem Liebesverhältnis? In einem Verwandtschaftsverhältnis? In einem Mietverhältnis? In einem Mitleidverhältnis? In einem Schutzbefohlenenverhältnis? In einem Abhängigkeitsverhältnis? Ist sie seine Freundin? Seine Geliebte? Oder Verstoßene? Oder eine gestrandete Leserin? Oder selbst Schriftstellerin – meint Klöden. »Sie ist die eigentliche Schriftstellerin.« Sie kochte für uns und (ver)tröstete mich. Sie setzte sich zu mir und begleitete die Endlosigkeit unserer Campingplatzexistenz. Sie führte mich in die Regeln des Radsports ein und beantwortete meine Fragen zu Klöden. Wenn er auf Tour geht, legt sie ihm Kuverts mit Geld auf den Sattel nebst kleinen aufmunternden Sätzen. Ihr Aussehen ändert sich mit den kleinsten Drehungen ihres Kopfes. In einem bestimmten Winkel, bei bestimmten Licht betrachtet, wirkt sie alterslos, unantastbar, verbraucht, um sich dann wieder mit einer einzigen Bewegung in einen anderen Menschen zu verwandeln: plötzlich viel jünger, freimütiger, wenn nicht betörend. Sie klopfte an mein Zimmer und legte sich zu mir. Noch immer weiß ich nicht wirklich, wer sie eigentlich ist.

Schleusenwärterin

Zu Beginn meiner ersten Operation nahm mich eine Stimme in Empfang. Es war die Stimme einer Frau. Ich denke sie mir noch sehr jung. Ihre genaue Funktion im Krankenhaus ist mir unbekannt. Ich nenne sie *Schleusenwärterin.* Sie selbst war es, die das Wort Schleuse in den Mund nahm. Eines Nachts wurde ich ihr zugeschoben und sie schob mich weiter. Sie war der erste, ja der einzig sprechende Mensch weit und breit. Die anderen Stimmen waren kaum zu vernehmen. Sie sprach in einem Tonfall weit weg von meiner süddeutschen Heimat, mit Berliner Akzent. Doch es war nicht nur der Akzent, der mich betörte, sondern ihre ganze Stimme, ihr Wesen, das in dieser Stimme zu mir sprach. Wie viel burschikose Gelassenheit in ihrer Stimme lag. Wie unbekümmert sie durch den Gang sprach und mich entgegennahm.

Sie nahm mich samt Bett entgegen, auf der Schwelle einer sich automatisch öffnenden Tür. *Da seid ihr ja.* Sagte sie. Auch zu mir. Der Pfleger, der mich bis dahin geschoben hatte, drehte sich ab. *Da seid ihr ja.* Als käme ich spätabends zu einer Party. *Kenne ich dich?* Nein, wir kannten uns nicht. *Macht nichts. Komm rein!* So jedenfalls klang ihre Stimme. Als ob ich nicht liegen, sondern wir uns gegenüberstehen würden, an ihrer

Wohnungstür, dahinter die Party. Als ob ich durch einen freundlichen Zufall spät nachts, vielleicht zu ihrer Geburtstagsfeier gelangt wäre. Meine Verletzungen? *Das wird sich finden. Bier oder Wein?* Und sie schob mich weiter, wie wenn ich noch laufen könnte. Sie schob mich an wehenden Gestalten vorbei. Sie grüßte andere Stimmen. Sie schob mich mit der Andeutung einer schlenkernden Armbewegung, wie zu meiner Beruhigung. Eine Geste, nur für mich! Für einen Augenblick glaubte ich sie sogar pfeifen zu hören. *Warum nicht?* So der Klang ihrer Stimme – oder ihrer Lippen … Vielleicht pfiff sie tatsächlich. Als wäre die Operation schon vorbei oder mein Unfall noch gar nicht geschehen. *Bleib doch noch!* Zwei oder drei Minuten waren wir zusammen. Sie verwandelte diese Zeit in ein ständig wechselndes Als-Ob. Als ob wir gemeinsam spazieren gehen (oder fahren) würden. Als ob wir noch in ihrer Wohnung wären – oder ihre Wohnung bereits verlassen hätten. Oder ich wieder zurückgekommen wäre.

Sie drehte mein Bett im Kreis, wie ein Karussell. Dann standen wir still. Am Anfang eines langen Ganges. Links und rechts offenbar Operationsräume. Vor uns eine Barriere, eine Art Tisch und ein schmales Bett, auf das ich umgebettet werden sollte. Aus hygienischen Gründen. Ich hörte das Wort Schleuse. *Es kommt jetzt die Schleuse,* sagte sie leise. Eine Vorschrift, eine Grenze, eine Linie – im Übergang meines Unfalls weit draußen auf einer Straße in das Innerste des Krankenhauses. Das reinste, operative Innerste. Jenseits dieser Linie ist die Welt rein, desinfiziert, maskiert, für jede erdenkliche Operation bereit ... Ich musste von meinem Bett auf das andere Bett kommen. Sie versuchte mir zu helfen. Ich versuchte ihr zu helfen. Andere Hände versuchten zu helfen. *Das macht doch nichts*. So klang ihre Stimme. *Das macht doch nichts*. Nicht nur, dass ich meine Schmerzen kaum verbergen konnte, dass ich vor Angst zitterte, dass mein Bein furchtbar zugerichtet war, dass ich mitten in der Nacht kam ... Nicht nur dass ich schrie, als ich auf das neue Bett gehoben wurde ... *Das macht nichts*. Sie legte mir einen Zugang in meine Vene, eine Nadel mit zahlreichen Öffnungen und Verzweigungen, die sie an meinen Arm heftete. Sie spritzte mir ein Mittel und holte, weil ich immer ärger zitterte, eine gewärmte Decke. Sie reichte mir einen Plastikbecher, ein weiteres Schmerzmittel, *bitte trinken*, sagte sie, und ich behandelte diesen Becher (fast ein wenig euphorisch) wie einen Drink, sprach von einem exzellenten Whisky, zu dieser späten Stunde, unter diesen Umständen, mit dieser Frau an meiner Seite, ihre Stimme in meinem Ohr, in meinem ganzen Körper, und ich prostete ihr zu und sie prostete augenzwinkernd zurück ... Augenzwinkernd – sah ich doch nur ihre Augen. Ihren Mund, ihre Nase, ihre Stirn, ihre Hände habe ich nie gesehen – werde ich nie sehen. Sie schnallte mich an das neue Bett und machte mich für die Operation bereit. Sie hantierte mit allerlei Gerät. Sie hielt eine Beatmungsmaske gegen meinen Mund. Wahrscheinlich trägt sie ihre Haare kurz. Ich fragte sie, wo sie wohnt ... Nein umgekehrt, sie fragte mich, wo ich wohne und sie meinte, dass sie meine

Straße kennt. Ich ahnte ihren Mund. Dann sagte sie, ich solle an etwas Schönes denken und ich antwortete, ich spürte bereits die Wirkung der Maske, ich antwortete, dass ich an sie denke. Ich bin mir sicher: Sie trägt ihre Haare kurz. *Wer weiß*, antworteten ihre Augen.

Wochen später wurde ich das zweite Mal operiert. Diesmal kam ich nicht nachts, sondern morgens. Ich war auch kein Notfall, sondern ein gewöhnlicher Operationsfall. An das Krankenhaus hatte ich mich gewöhnt. Geistig wie medizinisch war ich auf die Operation gut vorbereitet. Ihre Stimme erkannte ich schon von weitem. Wieder die Schleuse – ihr Wort. Wieder sollte ich umgelagert werden. Diesmal war ich nicht alleine. Ich lag inmitten vieler anderer Betten, die sich an der Schleuse stauten. Zehn Minuten stand (oder vielmehr) lag ich in einem Bettenstau mit anderen Patienten, die ebenfalls operiert werden sollten, die hierher, in diese Klinik empfohlen, überredet, überwiesen, ermahnt, gezwungen oder einfach hierher gebracht wurden ... Wer weiß. Männer und Frauen, die ebenfalls warten mussten, die ebenfalls durch die Schleuse mussten, die ebenfalls von meiner Schleusenwärterin begrüßt wurden, einen Drink bekamen, umgelagert und weitergeschoben wurden ... Wie auf einem Bahnhof. Ich hörte sogar Lautsprecherdurchsagen: *Achtung, Achtung, Bett Soundso in OP Soundso* ... Ich traute meinen Ohren nicht. Ich traute meinen Augen nicht: eine richtige Halle, links und rechts die Operationssäle; Haupt- und Nebenstraßen; geparkte Betten neben bewegten Betten; langsame Betten überholt von Expressbetten; sogar eine Art Kreuzung inmitten fieberhafter Bewegungen und Gegenbewegungen, rechts vor links, und über all dem die Lautsprecherdurchsagen: *Bett Nr. Soundso in den Aufwachraum* ... Die Stimme klang metallisch, übertrieben, wenn nicht ironisch. Wie die Lautsprecherdurchsagen in den grotesken Unterwelten der James-Bond-Filme ...

Ich weiß nicht, ob ich mich nach den Vollnarkosen zweier Operationen richtig erinnere ... Ich weiß auch nicht, ob sie sich richtig erinnerte, ob sie sich überhaupt an mich erinnerte, als ich, nach vielen Wochen, das zweite Mal operiert wurde, als ich ihr (mit welcher Beiläufigkeit!) erneut zugeschoben wurde und in den vertrauten Klang ihrer Stimme rollte. Die Schönheit ihrer maskierten Stimme schwebt bis heute über mir, ohne dass ich eine Vorstellung von ihrem Mund habe, den ich nie gesehen habe, höchstens umrisshaft hinter einer weißen Gesichtsmaske. Ich sehe diese Maske wie einen Slip. Ich sehe ihren Mund als Tabu: wie hinter einer jugendlichen Hose, die ich in Gedanken öffne, während sie mir zuspricht, wie durch einen Slip ... Sie sagte meinen Namen – meinen Namen – über mich gebeugt. Ich richtete mich auf, um sie zu begrüßen, während sie meine Schultern berührte und ich dem Druck ihrer Hand nach unten folgte, mich von ihr legen ließ, während ich ihren Mundschutz als Slip sah, der sich sprechend und später atmend bewegte, nicht weit von meinem Gesicht. Ja, ich ahnte sogar eine Bewegung ihrer Zunge, ohne dass sie sprach, eine leise, heimliche Bewegung ihrer Zunge. A *slip of your tongue*, sagte ich auf Englisch. *Wie bitte?* Sie beugte sich nun über mich. Und ich antwortete: *Nichts! Ein Versprecher*, und ich sprach nun kreuz und quer und ohne Unterlass, wie zu ihrer Beruhigung ... In Wirklichkeit sprach ich zu mir selbst. In Wahrheit beruhigte ich mich selbst. Das ist ihre große Kunst: den Selbstgesprächen der Patienten den Eindruck eines Gesprächs zu zweit oder zu dritt zu verleihen. *Two or three slips of our lonely tongues ...*

Die Welt einer Schleusenwärterin: Die Schleuse ist eine rote Linie, eine hygienische Demarkationslinie. Niemand und nichts darf die Linie ungereinigt passieren. Die Betten, in denen die Patienten hierher geschoben werden, bleiben vor der Linie stehen. Die Patienten werden über die Linie hinweg umgebettet in andere, engere Betten, kaum mehr Betten, eher schmale Lageflächen auf dünnen Gestellen, die in ewiger Reinheit den Operationstrakt nie verlassen werden. Jenseits dieser roten Linie liegen die Patienten im Tiefschlaf unter Masken auf dem Weg zu irgendeiner Operation ... Vor dieser Linie sind die Patienten noch wach und sprechen. Sie sprechen zu meiner Schleusenwärterin über irgendein Thema. Sie sprechen mit einer Ausgiebigkeit, die ich in diesem Land noch nie erlebt habe. Wenn alle nur jeden Tag und zu jedem Menschen so sprechen würden ... Sie sprechen tief atmend (oder seufzend) in die Narkose-Maske hinein, wie in ein Mikrophon. Sie atmen die Wirkung des Narkotikums sprechend ein und schlafend wieder aus ...

Solange ich sprechen kann ... Solange ich sprechen darf ... Zwei Stunden später bin ich vielleicht tot –

oder erst in zwei Monaten – nach langem Kampf – oder ohne jeden Kampf – nach langer Krankheit – oder kurzem Prozess – im künstlichen Koma – oder echtem Koma – alleine mit mir – in mir – ohne irgendjemanden sonst – für immer und ewig – eisig und schweigend … Oder ich wache auf und bin ein anderer Mensch. Oder gar kein Mensch. Oder die Menschen um mich herum sind andere Menschen … Wer weiß. Solange ich die letzten Minuten sprechend verbringen darf. Solange ich die letzten Minuten nicht schweigend liegen muss … So die Selbstgespräche der Patienten. So der innerste Gedanke all der Wortwechsel in den Betten vor mir, und auch, ich bin mir sicher, in den Betten hinter mir …

Manche sprachen, als würden sie zum letzten Mal in ihrem Leben sprechen. Andere sprachen, als würden sie zum ersten Mal in ihrem Leben sprechen. Wie dem auch sei. Nach und nach wurden wir über die rote Linie gehoben – jeder von uns mit einem Wort oder einem letzten Satz … Entweder unsere Worte oder Sätze, oder Worte oder Sätze aus dem unsichtbaren Mund der Schleusenwärterin. Was ist der Unterschied!? Sie ist eine Meisterin des Übergangs. Sie kennt ihre Verantwortung. Sie hinterlässt keinen Menschen ohne den Eindruck eines Wortes, eines Satzes, einer kurzen Geschichte, sieht sie doch die Möglichkeit, es könnte das letzte Wort, der letzte Satz, die letzte Geschichte eines Lebens sein, ahnt sie doch die Erbarmungslosigkeit, ohne eine Geschichte, einen Satz oder ein letztes Wort einzuschlafen und nie wieder aufzuwachen. Das ist ihre Kunst, ihre Menschenkunde, ihre Menschenliebe …

Meine liebe Schleusenwärterin aus Berlin! Ich weiß nicht, ob ich mich nach zwei Vollnarkosen richtig erinnere, ob ich tatsächlich sagte: *Meine liebe Schleusenwärterin aus Berlin.* Jedenfalls behandelte sie mich so, als würden wir uns wiedersehen. Schon bei der ersten Operation verbreitete sie den Eindruck des Wiedersehens. Und auch mit den anderen Patienten sprach sie so, wie wenn sie diese Patienten nach zahlreichen Operationen (und auch ansonsten) gut kennen würde. Meine Erinnerung aber besteht darauf: Sie hat mich nicht vergessen! Auch niemanden sonst vergessen. Sie ist kein wahlloser Mensch! Sie wird uns nie verwechseln! Ihr ganzes Wesen gilt jedem einzelnen Menschen, also auch mir. Nichts an ihr ist austauschbar! Oder für andere wiederholbar – oder übertragbar – oder vergleichbar. Oder auch nur nachvollziehbar. Alles was sie sagt und tut ist einzigartig, ist unersetzlich. Wieder lagerte sie mich um. Wieder half sie mir, half ich ihr – fast ohne jeden Schmerz. Wieder legte sie mir einen Zugang. Wieder berührte ihre Hand meine Schulter. Wieder beantwortete sie all meine Fragen. Wieder hatte ich den Eindruck, dass sie es war, die eigentlich fragte, nicht nur nach meiner Straße, nach einzelnen Bäumen, ob sie bereits blühten … Oder sie fragte nach mir bekannten oder unbekannten Menschen, oder nach Figuren in Büchern, die wir beide gelesen hatten. Wieder rätselte ich über den Glanz ihrer Augen, über ihren Mund, ob sie wohl raucht und wie sie raucht, über die Länge ihres Haars. Wieder sprach ich meine letzten (die unwirklichsten) Worte in die Maske, die sie an meinen Mund hielt. *A slip of our tongues … A touch of our slipping tongues* … Wieder sagte sie, ich solle an etwas Schönes denken und wieder antwortete ich (die Wirkung der Maske in meiner Lunge, in meinem Blut), dass ich an sie denken würde, dass ich die ganze Zeit an sie gedacht hatte … Wieder fragte ich mich, ob sie ihr Haar kurz trägt, nein, diesmal fragte ich laut und direkt. Und wieder antwortete sie mit einem augenzwinkernden: *Wer weiß*?

Warum ich dies überhaupt notiere? Weil ich unter Weinkrämpfen an sie denke. Weil ich mir vorstelle, wie es wäre, ohne ihre Stimme einzuschlafen und nie wieder zurückzukommen. Weil ich mir vorstellen kann, wie es ist, ohne ein einziges Wort in den Tod geschoben zu werden. Weil ich nie etwas anderes vom Sterben erwartet habe als vom Leben: Schweigen oder belangloses Geschwätz. Weil ich eines Besseren belehrt wurde. Weil meine Krankengeschichte noch nicht zu Ende ist. Die Geschichte geht weiter und weiter. Weil zahllose Operationen folgen werden … Weil eines Tages, ja, ich weiß, der Tag wird kommen, weil sie eines Tages nicht an ihrer Schleuse stehen und uns empfangen wird. Vielleicht weil sie keinen Dienst oder die Stadt längst verlassen hat. Ein anderer wird an ihrer Stelle stehen, ohne ein Wort, ohne einen Gruß. Auch kein Gruß von ihr. Weil ich irgendwann ohne ihre Stimme, ohne irgendeine nennenswerte Stimme (geschweige denn ein Wort, einen Satz, eine Geschichte) in die

Operation geschoben werde: schweigend. Und mit mir zahllose andere Menschen. Weil ich ihr Augenzwinkern nicht vergessen kann. Weil unsere Worte Hand in Hand gingen. Nicht nur unsere Worte. Weil ich sie in der Narkose-Maske geküsst habe. Dann schlief ich ein. Wäre ich gestorben, dann wäre ich mit dem Gefühl einer offenen Liebesgeschichte gestorben …

Bibliografische Information der Deutschen Bibliothek

Die Deutsche Bibliothek verzeichnet diese Publikation in der Deutschen Nationalbibliografie; detaillierte bibliografische Daten sind im Internet über *http://dnb.ddb.de* abrufbar.

ISBN 3-937667-01-6

»Die Frau und das Buch« wurde zuerst veröffentlicht in: *exempla: Tübinger Literaturzeitschrift 23* (1997/1): 15–21.
»Schleusenwärterin« wurde zuerst veröffentlicht in: *Trollblumen. Förderband 2*, Hrsg. Ulrich Zimmermann und Rainer Wochele. Stuttgart, 2003: 11–18.

Der Autor dankt dem Förderkreis deutscher Schriftsteller in Baden-Württemberg, der Stadt Esslingen a. N. sowie der Kunststiftung Baden-Württemberg für die Unterstützung der Arbeit an diesem Buch.

© 2004 Klöpfer und Meyer, Tübingen.
Alle Rechte vorbehalten.

Umschlaggestaltung: Christiane Hemmerich Konzeption und Gestaltung, Tübingen.
Herstellung, Gestaltung und Satz: niemeyers satz, Tübingen.
Druck und Bindung: Pustet, Regensburg.